D1607834

Naujas Pasaulis

Ernestas Tyminas

Dalia Žmuidienė

Vertė iš:

Ernestas Tyminas

WHOLE NEW WORLD

Trupti Apie Mane

Gimiau ir augau iki 13 metų Lietuvoje, Kaune. Vaikystė prabėgo kartu su vyresniu broliu Martynu, daug įtakos man gyvenime padarė dėdė Eugenijus bei mylima močiutė Dalia. Tėvai buvo išsiskyrę, tad ilgus metus mamai teko dirbti aukle užsienyje, kol galiausiai 2006 metais visi išvykome gyventi į Vokietiją, po metų – į Angliją. Mokslai sekėsi gerai, labai mėgau sportą, lankiau beveik visas įmanomas sporto šakas.

2011 metais baigiau amerikiečių mokyklą Anglijoje ir tais pačiais metais įstojau į Kolorado Springs universitetą Kolorado Valstijoje, Amerikoje. Čia studijavau sporto vadybą. 2015 metų gegužės mėnesį baigiau bakalauro studijas.

Šeimai persikėlus gyventi į Ameriką, prieš studijas, turėjau keletą laisvų mėnesių, tad nusprendžiau parašyti šią knygą. Mane visada domino žmonių tarpusavio santykiai, meilė ir ištikimybė, pareiga šeimai ir artimiesiams, pasiaukojimas savam kraštui, žmonijai. Esu neabejingas ir fantazijos, mitų pasauliui, tad šią knygą stengiausi perteikti visa, kas mane jaudina ir domina. Kai rašiau šią knygą, man buvo 19 metų, tad šiuo kūriniu tikiuoisi sudominti jaunimą.

Beje, ši knyga jau yra išleista Amerikoje 2012m. Mano močiutė, nutarė ją išversti į lietuvių kalbą ir už tai jai aš esu labai dėkingas.

5

...Mes nežinojome, kas gali vykti kitoje pusėje. Kai tai atsivėrė, pirmąjį žingsnį vidun žengė Radžis, o aš neatsilikau nuo jo.

Mes lėtai žingsniavome šalia olos. Vaizdas, kurį išvydome, buvo neįprastas, sunkiai paaiškinamas.Tai atrodė tarsi naujas Pasaulis: dangus šviesiai oranžinis, saulė ryškiai raudona.Tuo pat metu švietė violetinis mėnulis.

Priėjome ežerą, kurio vanduo buvo toks mėlynas, skaidrus, kad galėjai matyti dugną. Medžių lapai - lyg iš sidabro. Dvelkė švelnus vėjelis, saulė maloniai šildė. Oras buvo toks gaivus, tyras, kad su kiekvienu įkvėpimu jautėme deguonies perteklių. Tačiau aplink - nė gyvos dvasios. Nepastebėjau ne tik jokio kelio ar takelio, namų, bet ir bet kokio pėdsako, kurį būtų palikęs žmogus.

I skyrius

SAPNAS

Aš vis sapnuoju, kad vaikštau po tą patį mišką. Saulėta diena apsidengia tamsiais debesimis. Sudunda griaustinis, bet žaibo nėra.Debesys sunkūs, tačiau nelyja. Atsigręžiu - takelio,kuriuo atėjau, nematyti. Staiga išgirstu keistą, iki šiol niekada negirdėtą garsą, kuris mane vilioja eiti tolyn į mišką. Vaizdas toks ryškus, lyg tai būtų ne sapnas, o tikrovė. Netikėtai viskas nutyla, aš girdžiu tik savo žingsnių aidą. Staiga mano ranką paliečia berniukas, kurio anksčiau nesu mačiusi.

- Ką čia veiki? Tu neturėtum šiame miške būti.

Nustembu: į mane žvelgia šviesiai violetines akys.

- Čia nesaugu... turėtum išeiti.

Į jo žodžius nekreipiu dėmesio.

- Tavo akys... Jos tokios mielos! - sakau susižavėjusi.

Berniukas nusigręžia.

- Tu privalai išeiti, prašau, -tai taręs, jis stumteli mane.

Aš krentu ant žemes ir mano sapnas nutrūksta.

Čia esu jau dvi savaites ir šiandien pirmoji diena, kai nepliaupia lietus. Kiekvieną rytą, išskyrus šį, pabusdavau nuo keisto garso - to paties, kurį girdėdavau sapnuose, klaidžiodama po mišką. Tėvas tikindavo, kad tai kažkoks gyvūnas, bet man niekada neteko matyti sutvėrimo, kuris skleistų tokius garsus. Savo tėtei aš išsipasakodavau viską, bet niekada neminėjau to vis pasikartojančio sapno. Mano tėvas atrodė dėl kažko susirūpinęs, bet nesitikėjau, kad pasakys, kas jį neramina.

-Tėti, kas tau yra?-paklausiau.

Tačiau buvo panašu, kad jis skendi savo mintyse ir manęs net negirdi.

- Tu galėtum kartais kur nors išeiti, rasti draugų...

Man dėl tėvo buvo neramu, nes norėjau, kad jis būtų laimingas.

- Gerai, tėveli, aš einu pasivaikščioti po miestą.

Mes apsigyvenome prie didžiulio miško, bet dėl nuolat pliaupiančio lietaus nebuvau jo ištyrinėjusi. Nenorėjau sakyti, kad eisiu ne į miestą, o pasižvalgysiu po tą girią, nes tėtis būtų dar labiau jaudinęsis. Nenumaniau, ką ten pamatysiu, rasiu, bet dėl visa ko pasiėmiau tėčio peilį ir išėjau. Perėjusi gatvę, pastebėjau miškan vedantį takelį, kuriuo, atrodo, niekas nevaikščiojo. Netrukus išgirdau kažką bėgant. Iš garso neatrodė, kad tai būtų vietinis gyvūnas. Sunkūs žingsniai létėjo, kol pagaliau visai nutilo. Pasukau takeliu, kuris nuo kalvos vedė į urvą. Iš pradžių nenorėjau ten lįsti, bet mane sugundė keistas krebždesys, sklindantis iš vidaus. Kai buvau bežengianti artyn, išgirdau įspėjimą :

- Neik čia!

Balsas atrodė pažįstamas - toks švelnus ir tylus. Gal tai berniukas iš sapno? Taip spėliodama, pasukau garso link. Deja, ten nieko nebuvo. Gal man vaidenasi? Bet galėčiau prisiekti, kad kažkokį šnabždesį girdėjau. Norėdama įsitikinti, žengiau dar žingsnį.

- Prašau, neik čia.

Grįžtelėjau atgal, į tą pusę, iš kurios sklido balsas. Iš lėto išsitraukiau peilį ir tariau:

- Kas ten? Pasirodyk!

Iš už medžio išlindo berniukas.

-Aš čia ne dėl to, kad tave sužeisčiau, -nuramino.- Jūs turbūt neseniai atvykote į miestą? Niekados nesu jūsų matęs. Koks jūsų vardas?

Jis buvo ramus, neatrodė pavojingas, tad įsikišau peilį ir žengiau artyn.

- Mano vardas Lana.- O koks tavo vardas?

Berniuko plaukai buvo trumpi, susivėlę. Atrodė,kad jis neseniai nubudęs. Nežiūrėjo man i akis, lyg slėpė savo veidą.

- Savo gentyje mes vardais nesivadiname.

Nusišypsojau, nes pamaniau, kad jis juokauja.

-Jeigu nenori, gali nesakyti savo vardo. O ką tu čia veiki? Kas yra tame urve?

Pagaliau berniukas pakėlė akis. Jis buvo apie dešimt žingsnių nuo manęs, bet užuodžiau nuo jo sklindantį malonų kvapą. Atrodė liūdnas, lyg kažkas būtų nutikę miške.

- Tenai nesaugu ir net pavojinga, geriau nesiartink,- įspėjo mane.

Aš dar kartą pažvelgiau į urvą. Nepažįstamasis stvėrė mane už riešo ir patraukė tolyn.

- Eime, aš padėsiu tau rasti kelią iš miško.

Pažvelgiau jam į akis - jos buvo violetines, kaip ir mano sapne.

- Kaip sužinojai, kad aš būsiu čia? -pasidomėjau. -Ar tu įsidėjęs kontaktinius lęšius?

Jis neatsakė nė į vieną klausimą, tik vedė mane tolyn. Miškas buvo klaidus, bet mano palydovas žinojo kryptį. Kai priėjome kelią, jis tarė:

-Prašau, niekados čia negrįžk!

Dėl man nežinomos priežasties jis atrodė labai įsitempęs, sutrikęs. Pažvelgiau anapus kelio - namai buvo čia pat.

- Gal norėtum užeiti? -paklausiau, bet kai atsigręžiau, jis buvo dingęs.

Įžengusi į namus, pamačiau, kad tėtis užsnūdęs fotelyje. Nepabudo jis ir tada, kai lipau aukštyn,į savo kambarį.Stengiausi užmigti,bet galvoje sukosi daugybė minčių.Aš mąsčiau apie neįprastą garsą, sklindantį iš miško, ir berniuką, kurį ten sutikau: jo akys tamsiai violetinės, kupinos skausmo, veidas skaistus, balsas skambėjo taip švelniai. Jame buvo kažkas keisto, sunkiai suvokiamo ir apibūdinamo.

Pagaliau užmigau, bet mane vėl aplankė sapnas, kurį pavadinčiau košmarišku. Atrodė, lyg būtų pasaulio pabaiga. Aš stovėjau ant stataus skardžio ir žiūrėjau žemyn, į liepsnose skendintį miestą. Stengiausi pasiekti namus, bet negalėjau rasti kelio. Nieko nemačiau ir jaučiausi tokia vieniša kaip ir tada, kai mirė mano mama. Vėl užlipau ant skardžio, žvelgiau į miestą, tikėdamasi pamatyti ką nors gyva. Iš kažkur išdygo tas pats berniukas, kurį sutikau vakar, ir paklausė:

- Ar tu jau pasiruošusi eiti? Atėjo laikas.

Pažvelgiau į jį, norėdama paklausti, kur eisime, bet staiga sučirškė mano žadintuvas ir sapnas - košmaras nutrūko.

Šiandien - pirmoji mano studijų diena. Išgirdau tėvą ruošiant pusryčius. Kaip ir visada, jis dirbo triukšmingai. Aš jaučiausi tokia pavargusi, kad net neįstengiau pasipuošti, nors tai - pirmoji diena universitete. Rytas buvo saulėtas, todėl apsiaviau baltais batukais, apsivilkau trumpu juodu sijonu ir baltais marškinėliais.

-Ei mieloji, ar pasiruošusi? Negirdėjau, kada vakar grįžai.

Mano nuotaika buvo prasta, todėl atsakymas nuskambėjo sarkastiškai:

- Taip, aš trokštu kuo greičiau susipažinti su naujais draugais.

- Iškepiau tau blynų. Atrodai nuostabiai, kaip ir kiekvieną dieną!

Tėvas visada žinojo, kaip pakelti mano nuotaiką.

- Dėkoju, tėveli!

Kelyje į universitetą mane sustabdė policininkas.

- Kas ne taip, pareigūne?

- Atsiprašau, panele, kad trukdau. Mes privalome sustabdyti kiekvieną ir paklausti: gal ką nors įtartino girdėjote arba matėte pastaruoju metu?

Aš ne visai supratau, ko jis ieškojo, todėl atsakiau greitai:

- Ne, pareigūne, aš visą naktį buvau namuose.

- Ačiū, važiuokite saugiai!

Pirma diena, o aš vėluoju į paskaitą. Koks puikus įspūdis!

Pasirinkau studijuoti Antikinę literatūrą, nes mėgau skaityti senovines legendas bei mitus ir visada svajojau būti rašytoja.

Auditorijoje pastebėjau patrauklų berniuką, kuris vis žvilgčiojo į mane. Jis atrodė truputį drovus. Po paskaitos vaikinas priėjo prie manęs ir užkalbino:

- Ei, kaip tokia gražuolė susidomėjo Antikine literatūra?

Aš nusišypsojau:

- Ar negaliu domėtis ja, kad, anot tavęs, esu graži?

Jis sekundę patylėjo.

- Manau, kad truputį atidžiau turėčiau parinkti žodžius, -tarė šypsodamasis. - Ką ruošiesi veikti po paskaitų? Aš eisiu į miestą nupirkti ką nors savo močiutės gimtadieniui. Gal sutiktum man padėti?

Aš iš tiesų norėjau su juo eiti, bet susitvardžiau:

- Pažadėjau savo tėčiui paruošti vakarienę. Gal rytoj galėčiau tau padėti?

-Rytoj?Tinka. Mano vardas Eli.

-Malonu susipažinti, Eli. Aš esu Lana.

Kitą dieną nutariau susirasti gamtos mokslų dėstytoją, kuris, kaip girdėjau, buvo tikras gyvūnų kriptologijos žinovas.

... Profesorius, vardu Radžis, buvo kilęs iš Indijos. Kalbama, kad valandų valandas po paskaitų jis tyrinėja įvairias gyvūnų rūšis.

Įėjau į jo kabinetą. Buvo nejauku, bet aš būtinai norėjau išgirsti atsakymą į klausimą, kuris nedavė man ramybės. Prisiartinusi prie stalo pamačiau, kad jis piešia kažkokių gyvūnų eskizus. Vos spėjau vogčiomis žvilgtelėti prieš jam užverčiant brėžinius.

- Ar galiu kuo nors padėti, jaunoji ledi?

- O taip. Atsiprašau,kad pertraukiau,bet man neramu, kad vis sapnuoju kažkokius gyvūnus, turinčius žmogaus savybių.

Pabandžiau juos nupiešti, bet man nelabai sekėsi.

Radžis nukreipė žvilgsnį į mano brėžinius ir atrodė nustebęs.

- Kur tu matei visa tai? Ar nori iš manęs pasišaipyti?

Nesupratau, apie ką jis kalba.

- Ne, atleiskit, profesoriau, aš nenoriu jūsų trukdyti, o tuo labiau iš jūsų šaipytis..

Jis pasiūlė man prisitraukti kėdę ir atsisėsti. Tada atskleidė savo knygą su piešiniais. Be galo nustebau, kad gyvūnai, kuriuos regėjau sapnuose, ir šitie, profesoriaus eskizuose, buvo be galo panašūs.

Praėjo gerokai laiko po paskaitos, o aš tik dabar prisiminiau Eli. Jis tikriausiai nenorės kalbėti su manimi, nes sulaužiau pažadą. Vis dėlto nutariau pasilikti su profesoriumi. Papasakojau jam savo sapnus apie keistus padarus. Tik nieko nesakiau apie berniuką violetinėmis akimis ir liepsnose skendintį miestą. Dar nežinojau, ar galiu jam pasakoti apie urvą, kurį sapnavau, o paskui radau miške. Paklausiau Radžio, kur jis yra matęs tokius sutvėrimus kaip šie. Jis atsakė, kad yra skaitęs legendą apie gyvūną, kuris galėjo keisti savo pavidalą, kad lengviau sumedžiotų grobį.

Apibūdintasis legendoje buvo labai panašus į tą, kurį nupiešė ir profesorius, ir aš. Radžis prisipažino, kad tarpais jis užsnūsdavo, bet nubudęs suprasdavo, jog piešia vis tą patį gyvį. Sakė, ne kartą naršęs po internetą, bet nieko panašaus jam nepavykę surasti.

Namo grįžau vėlai. Tėtis buvo susirūpinęs, kodėl taip ilgai užtrukau.

-Kur tu buvai? Bandžiau susisiekti, bet tavo telefonas išjungtas.

Aš visiškai pamiršau tėčiui paskambinti ir pasakyti, kad pasilikau po paskaitų.

-Atleisk, tėveli, praėjusią naktį pamiršau įkrauti telefoną, jis neveikia, -pamelavau. - Aš užtrukau universitete.

Buvo malonu, kad tėtė niekada ilgai nepykdavo.

Po vakarienės nuėjau į savo kambarį, tiesiai į lovą.

... Ir vėl naktį sapnavau. Artimiausias mano draugas, vardu Angelas, vaikštinėjo po mišką. Stengiausi jam prisiskambinti, bet jis manęs negirdėjo. Staiga Angelas sustojo, pažiūrėjo žemyn ir kažką padėjo ant žemės. Buvo taip ryškiai šviesu, kad nejučiom užmerkiau akis. Kai atsimerkiau, Angelo nebuvo. Nubėgau ten, kur jis stovėjo ir pamačiau paliktą akmenuką. Pakėliau: jis buvo pusiau juodas, pusiau baltas. Nesuprasdama, kas atsitiko, apsidairiau aplinkui, bet nieko nepamačiau.

Atrodė, kad esu vidury dykumos. Pastebėjau link manęs slenkančią audrą. Žvalgiausi, kur galėčiau pasislėpti. Smėlio banga, nešama kylančio vėjo, artėjo link manęs. Kritau ant žemės, užsidengiau veidą, užmerkiau akis. Po kurio laiko viskas pradėjo rimti. Kai atsimerkiau, supratau saugiai gulinti lovoje.

"Tai vienas iš nemalonių mano sapnų",- sušnibždėjau.

Jau visi metai, kai mano draugas Angelas pradingo.Jo šeima, praradusi viltį, nustojo sūnaus ieškoti. Kaip dingusio be žinios, Angelo byla buvo uždaryta. Bandžiau suprasti, kodėl taip nusprendę, bet visi man sakė, kad nerado jokių pėdsakų, jokių ženklų, kas galėjo su juo atsitikti. Nenorėjau patikėti, kad praradau geriausią draugą visiems laikams. Nuolat prisimindavau dienas, kai mes buvome drauge, ir nepraradau vilties jį surasti. Nepamiršau Angelo žodžių, pasakytų per paskutinį mūsų pasimatymą - kaip labai jis mane myli. Atminty atgijo draugo pasakojimas apie tai, kad jis girdėjo keistus balsus, šaukiančius jį vardu. Vieną dieną Angelas išėjo laukan ir pasuko tų garsų link. Jie mano draugą atviliojo į išskirtinai keistą vietą.

Paprašiau tą vietą apibūdinti, bet jam atrodė, kad aš galiu nepatikėti ir pasakyti, jog tai nesąmonė.

.

II Skyrius

PASIMATYMAS

Šiandien nutariau eiti į mokyklą anksti, nes norėjau pasikalbėti su Radžiu prieš paskaitas. Pakeliui į jo kabinetą susidūriau su Eli.

- Ei, sveikas, atsiprašau, kad vakar negalėjau padėti tau išsirinkti dovaną.

Nuleidau galvą, nes jaučiausi kalta, kad apie tai buvau pamiršusi.

- Viskas gerai, nesijaudink dėl to.

Šilti pirštai švelniai pakėlė mano smakrą aukštyn ir aš pažvelgiau į vaikiną. Jis buvo bent dešimt centimetrų aukštesnis, tad žiūrėjo į mane žemyn. Jo akys - šviesiai mėlynos, o šypsena kerinti.

- Ką gero galėčiau dėl tavęs padaryti?

- Na, aš tikrai tikėjausi vakar nors truputį praleisti laiko su tavim ir buvau nuliūdęs, kad neatėjai,- pasakė šyptelėjęs.- Bet jei tikrai nori kažką dėl manęs padaryti, turėtum sutikti šį vakarą kartu pavakarieniauti.

- Ar tu kvieti mane į pasimatymą?- stengiausi paslėpti šypseną, bet jaučiau, kaip kaistu ir rausta veidas.

- Tiktai tada, jeigu tu pasakysi „-Taip!".

Apkabinau jį ir pasakiau, kad atvyktų manęs paimti šeštą popiet ir nevėluotų, nes galiu apsigalvoti.

Prasidėjo paskaitos ir aš turėjau palaukti iki priešpiečių, kad galėčiau pagaliau pamatyti Radžį. Profesorius kažką skaitė, bet mane pamatęs apsidžiaugė.

- Užeik! Aš kaip tik ruošiuosi tau kai ką parodyti.

Priėjau prie jo stalo ir pažvelgiau į kompiuterio ekraną. Tai buvo miško vaizdas.

- Kas čia? – pasidomėjau.

- Tai mūsų miško šilumos žemėlapis. Kai tik pateka menulis, kiekvieną kartą šeštą valandą vakaro iš miško vidaus pradeda sklisti kažkokios šilumos bangos.

Aš iš tiesų nežinojau, kur jis suka, todėl tik klausiausi tylėdama.

- Be to, čia girdisi keisti garsai, kuriuos tos bangos skleidžia. Tačiau visa tai vyksta tik tomis naktimis, kai yra menulio pilnatis.

- Mes turėtume tai patikrinti! Kada jūs būsite laisvas?

Jis išsitraukė iš stalčiaus kalendorių ir žvilgtelėjo.

- Už dviejų dienų!

Pasakiau, kad neturiu jokių planų, todėl galime susitikti po paskaitų.

Iš universiteto grįžau tiesiai namo, kad pasiruošiau susitikimui su Eli. Pasakiau tėčiui, kad eisiu į pasimatymą. Jis tokių dalykų nemėgo, nes iš ankstesnių susitikimų kiekvieną kartą grįždavau įskaudinta. Tai bus pirmas pasimatymas nuo to laiko, kai Angelas dingo, todėl iš tiesų labai jaudinausi. Eli sake, kad nori nusivesti mane į restoraną, todėl turėjau atrodyti ypatingai. Kiekvieną rūbą, prieš nuspręsdama, kuo vilkėti, matavausi po penkis kartus. Išsirinkau raudoną vasarinę suknutę ir juodus aukštakulnius batukus. Buvo likę dešimt minučių iki šeštos, todėl nutariau šiek tiek pasidažyti. Vos pradėjusi išgirdau durų skambutį. Mano širdis ėmė plakti vis greičiau ir greičiau. Nujaučiau, kad šis kartas bus nepamirštamas, išskirtinis.

- Tėveli, ar galėtum atidaryti duris ir, prašu, būk malonus! Aš nusileisiu po keleto minučių.

- Nesijaudink, mieloji, viskas bus gerai!

Kai išėjau iš savo kambario, išgirdau tėvo juoką ir man iškart palengvėjo, nes jo juokiantis taip seniai negirdėjau. Supratau, kad Eli tėvui patiko, o tai buvo maloni staigmena. Pamatę lipančią žemyn, abu vyrai įsmeigė akis į mane. Dėl tokio ypatingo dėmesio pasijutau truputį nepatogiai. Priėjusi prie tėčio, apkabinau ir pasakiau, kad dėl manęs nesijaudintų. Prižadėjau grįžti prieš vienuoliktą. Eli paspaudė tėvui ranką ir padėkojo, kad leidžia mane su juo pavakarieniauti.

Įlipome į Eli mašiną ir pasukome link miesto, kurio nebuvau mačiusi tamsoje. Mažų ir didelių pastatų žibintai apšvietė visą miestą. Jokių tamsių alėjų. Galėjai pamatyti kiekvieną pastatą, lyg dar būtų diena.

Kai atvykome prie restorano, Eli greitai išlipo iš mašinos ir atidarė man dureles lyg tikras džentelmenas. Restorane jis paėmė mano paltą ir pristūmė kėdę, žodžiu, padarė viską, kad jausčiausi puikiai, ir tik tada atsisėdo.

- Koks mėgstamiausias tavo patiekalas? – paklausė.

- Aš nesu išranki (negalėjau tuo metu galvoti apie tai, kas man patiktų). – Mėgstu vištieną...

- Puiku! Čia skaniausia vištiena, kokią kada nors teko ragauti.

Norėjau įsitikinti, ar jo skonis tikrai geras, todėl nutariau pabandyti.

Tyliai grojo muzika.

- Man patinka ši daina. Prisimenu, kai buvau maža mergaitė, mano mamytė pakeldavo mane ir mažutes mano pėdutes uždėdavo ant savųjų. Ji lėtai sukdavosi ratu ir stengdavosi išmokyti mane šokti valsą. Sakydavo, kad kiekviena tikra ledi privalo mokėti šį šokį.

Eli atsistojo ir žengė artyn.

- Pašok su manim, Lana!

Niekada neteko šokti valso su vaikinu. Eli ištiesė man ranką, švelniai pakėlė nuo kėdės ir nusivedė į šokių aikštelę. Uždėjau jam ranką ant peties ir buvau maloniai nustebinta, kad jis moka šokti. Mes lėtai sukomės visoje aikštelėje ir jaučiau, kaip daugybė akių stebi mūsų šokį. Gera buvo ne tik ritmingai judėti, bet ir klausytis savo partnerio žodžių. Eli žinojo daugybę įdomių dalykų, apie kuriuos aš nebuvau girdėjusi.

- Ar žinai, kad paukštis paprastai atlieka valsą ar kitą šokį norėdamas atkreipti patelės dėmesį?

- Ir tu tai bandai?

Eli šyptelėjo, bet neatsakė į mano klausimą, tik pakeitė temą:

- Kur tavo mama?

- Ji mirė priės pat šeštąjį mano gimtadienį.

- Atleisk, aš nežinojau.

- Ji labai sirgo.

Vaikinas pastebėjo, kad aš nuliūdau, ir vėl pakeitė temą.
-Iš kur jūs atvykote?

- Iš Europos...

Eli neklydo – vištiena tikrai buvo skani. Mes galėjome kalbėtis valandų valandas, bet laikas nenumaldomai bėgo. Buvo jau po dešimtos ir Eli parvežė mane namo.

- Ar gerai praleidai laiką? –pasidomėjo.

- Nuostabiai, dėkoju.

Eli palydėjo mane iki durų, pabučiavo į skruostą ir pasakė „Labanakt!." Jo lūpų prisilietimas buvo magiškas: mano kūnu perbėgo šiurpuliukai ir visa lyg tirpte ištirpau...

Tėtis buvo išgėręs ir užsnūdęs fotelyje. Padėjau jam atsikelti ir nuvedžiau į miegamąjį. Apklojau antklode, pabučiavau į kaktą ir palinkėjau labos nakties.

- Lana, motina labai didžiuotųsi tavimi. Norėčiau, kad ji tave dabar matytų...

Jaučiau kaip ašaros lėtai rieda mano skruostais.

- Ji mus mato, tėti. Ji visada mus stebi iš aukštybių. Myliu tave, tėveli. Labanakt!

Grįžau į savo kambarį. Mano širdis dar vis smarkiai plakė, o Eli veidą jaučiau taip arti. Buvau laiminga ir stebėjausi, kad į pasimatymą mane pakvietė toks vaikinas. Eli buvo tikras džentelmenas, kaip joks kitas, su kuriais susitikdavau anksčiau. Jo plaukai kvepėjo šviežiais obuoliais nuo šampūno, kurį naudojo. Rūbai – megztinis ir juodi džinsai – atrodė paprasti, bet elegantiški. Prisiminusi, kiek įdomių istorijų iš jo išgirdau, pati sau atrodžiau nuobodi, nežinanti nieko, kuo būtų verta pasidalinti su juo. Aš jaudinausi, mano rankos truputį virpėjo. Atsisėdau ant lovos ir apkabinau meškiuką, kurį mamytė man buvo dovanojusi. „Aš sugadinau, tikrai sugadinau šį pasimatymą... Eli niekada daugiau nenorės su manim susitikti...“ Stipriai priglaudžiau meškiuką „Labanakt, mamyte! Ilgiuosi tavęs...“ Meškiukas buvo paskutinė mamytės dovana prieš jos mirtį. Aš dažnai kalbuosi su juo ir tikiu, kad mamyte mane girdi.

Kurį laiką manęs neėmė miegas, nes turėjau apie daug ką pagalvoti. Mąsčiau apie rytojų. Abu su Radžiu eisime patikrinti karščio bangos ir triukšmo, kuris sklido iš miško. Aš buvau truputį išsigandusi, bet tikrai norėjau pamatyti, kas ten vyksta. Ar galėtų visa tai būti iš urvo? – klausiau pati savęs. Tada aš prisiminiau berniuką, kurį sutikau miške. Gal vėl jį pamatysiu? Gal jis ką nors žinotų?

Aš vėl girdėjau triukšmą nuo miško. Garsai buvo stipresni nei anksčiau ir tai neleido man užmigti.

Buvo beveik antra nakties. Visur tylu. Iš tikrųjų jaučiausi labai pavargusi, todėl bandžiau grįžti į lovą ir pasistengti užmigti. Vos galva palietė pagalvę, kritau kaip užmušta. Iš ryto beveik neprisiminiau, ką sapnavau. Tik vienas dalykas išliko atmintyje: lyg tai atsidūriau vietoje, kurios niekada nebuvau mačiusi, ir kiekvienas daiktas atrodė keistas. Nemačiau ten nė gyvos dvasios, bet buvo labai ryšku. Pažvelgiau aukštyn – dangaus spalva šviesiai oranžinė, o mėnuo ir saulė švietė tuo pat metu.

III skyrius
URVAS

Mokykloje, kaip paprastai, nieko įdomaus nevyko. Pavalgiau priešpiečius su Eli ir keletu draugų iš jo futbolo komandos. Tai buvo antrieji Eli mokslo metai universitete ir jis jau tapo savo komandos kapitonu,buvo vienas iš populiariausių vaikinų mokykloje. Atrodė,kad visi jį pažįsta.Negalėjau suprasti, kodėl Eli nusprendė draugauti būtent su manim.Jis visiems patiko, panorėjęs galėjo susitikinėti su bet kuria mergina. Aš čia buvau naujokė,niekam nežinoma ir populiarumu negalėjau girtis.Anksčiau nepasilikdavau po pamokų su bendraklasiais,nes daugiausia laiko praleisdavau su Angelu.

Eli manęs paklausė,ar galėtų supažindinti su savo draugais.Mane tai maloniai sujaudino,bet pamaniau, kad draugai gali pradėti jam pavyduliauti. Juk kiekvieną kartą Eli žiūrėdavo į mane ir sakydavo: „Tu tokia graži ir miela."

Jis visada rasdavo malonių žodžių mano išvaizdai apibūdinti. Šiandien pasidomėjo, ar negalėtume susitikti po paskaitų, bet atsakiau, kad turiu paruošti namų darbus. Pasisiūlė man padėti, bet nesutikau, nes esu įsitikinusi, kad tai padaryti turiu pati.

Po paskutinės paskaitos nuėjau tiesiai į Radžio auditoriją. Jis dar skaitė kažkokią paskaitą apie Rumuniją.Studentai atidžiai,susidomėję klausė, ką dėstytojas kalbėjo.Kai paskaita baigėsi,visi paliko auditoriją ir aš įžengiau vidun.

- Sveiki, profesoriau! Ar jūs pasiruošęs eiti?
- Taip, tik leisk minutėlę susitvarkyti savo daiktus.

Jis truputį jaudindamasis krovė daiktus į savo krepšį.

- Apie ką jūs savo auditorijoje kalbėjote?

Girdėjau minint Rumuniją. Esu ten buvusi porą kartų.

- Aš pasakojau savo studentams legendą apie vyrą, kuris užaugo miške, galėjo staugti kaip vilkas ir šie pripažino berniuką esant vienu iš jų. Vaikinas gyveno miške iki devyniolikos metų. Kai žmonės jį atrado, pagalvojo, kad tai pamišėlis, ir nugabeno į psichiatrinę ligoninę. Jis nekalbėjo rumuniškai, atrodė lyg išprotėjąs ir kai kurie sakė, kad šis sutvėrimas pamišo be savo gaujos ir jautėsi labai vienišas. Ir štai būrys vilkų išrausę po tvora landą ir padėję jam pabėgti. Žvėrys puolė kiekvieną, bandžiusį sustabdyti šį vyrą. Po to jau niekas niekada apie jį nieko negirdėjo. Iki šiol tai paslaptis, kaip šis jaunuolis galėjo bendrauti su gyvūnais ir priversti juos patikėti esąs vienas iš jų.

- Kaip, jūsų nuomone, jis galėjo tai padaryti? – paklausiau.

- Aš nežinau, bet tikiuosi, kad kada nors tai paaiškės. Žinau, tai skamba neįtikinamai. Manau, kad taip turėtų būti apibūdinami gyvūnai, kuriuos dabar vadiname vilkolakiais.

Radžis persimetė krepšį per petį, pasiėmė apsiaustą ir mes išėjome. Kai važiavome link miško, aš jam pasakojau, kaip vaikštinėjau po šį mišką prieš keletą dienų ir pastebėjau urvą. Radžis atrodė truputį sunerimęs dėl manęs.

- Kai mes eisime į mišką, tu privalai laikytis arti manęs. Nenoriu nuolat dairytis, todėl bus saugiau, jei mano akys visada tave matys.

Radžis buvo apie dvidešimt septynerių metų, maždaug metro septyniasdešimt aukščio, jis galėjo sverti aštuoniasdešimt kilogramų, plačiapetis, juodais garbanotais plaukais. Atrodė tvirtas ir sveikas.

- Kaip mes žinosime, kur eiti, kai pirmąkart atsidursime miške? – neiškentusi paklausiau.

- Aš sukūriau šį prietaisą, kuris rodys sparčiai besikeičiančią temperatūrą.

- Ką jūs tikitės čia rasti?

- Nežinau, bet tikiuosi ką nors gero, - jo balsas nuskambėjo optimistiškai, įtikinamai.

Kai mes prisiartinome prie miško, Radžis išsiėmė savo mažą elektroninį prietaisą, kurį pats pagamino, nusikėlė krepšį ir atsisėdo ant žemes.

- Liko keturiasdešimt penkios minutes iki šešių.

Jis buvo tikrai drąsus vyras, sudominęs mane savo darbais kolegijoje.

- Ką reiškia jūsų vardas?

- Valdovų karalius, - paaiškino.

- Papasakokite man apie Indiją ir savo šeimą, - paprašiau, - taip laikas greičiau prabėgs.

Jis papasakojo man apie savo motiną ir tėvą, kurie visada troško, kad sūnus studijuotų mediciną ir taptų gydytuoju. Šis mokslas Radžio nedomino ir jis jautė, kad nuolat blaškytųsi, ieškodamas faktų apie žmogaus ir gyvūnų ryšius. Prisiminė, kad tėvas norėjo jį nubausti, o motina visada leisdavo skaityti knygas, nes džiaugdavosi, matydama sūnų laimingą. Dėstytojas pasidomėjo mano šeima. Pasakiau, kad apie mamą likęs tik vienintelis prisiminimas: ji man dainuoja, šokdama valsą, braidžioja basa po šlapią, rasotą žolę...

Laikas prabėgo ir mes įžengėme į mišką. Siauru takeliu pasukome žemyn. Buvo be galo tylu, vienintelis dalykas, kurį girdėjome, - tai vėjas. Priartėjome prie urvo. Šilumos matavimo prietaisas pyptelėjo ir parodė, kad karštis akivaizdžiai sklinda iš vidaus. Vis labiau temo, todėl išsiėmėme žibintą ir žengėme artyn prie urvo. Galima buvo išgirsti šnabždesį, einantį iš gilumos. Pasukau savo žibintą ir nukreipiau į urvo vidų. Nemačiau nieko, išskyrus sienas. Radžis žengė žingsnį į urvo vidų ir sušnibždėjo:

- Laikykis arčiau manęs.

Nusiėmęs savo krepšį padėjo jį ant žemės ir išsitraukė peilį. Pradėjome slinkti vidun. Šnabždesys gundė mus lįsti vis gilyn. Radžis ėjo pirmas, o aš nenorėjau pamesti jo iš akių ir stengiausi nenutolti. Žvilgtelėjau atgal, bet lauko jau nebuvo matyti. Kuo giliau ėjome į urvą, tuo darėsi karščiau. Staiga šnabždesys nutrūko. Priėjome aklavietę. Čia buvo siena, pilna raižinių, įbrėžimų. Kai žengiau artyn, ant kažko užmyniau. Pažvelgusi pamačiau akmenėlį, visiškai tokį, kokį regėjau sapne.

- Radži, pažiūrėkit į šitą.

- Kas tai? – susidomėjo jis.

- Aš tokį mačiau sapne, - akmenėlį padaviau jam.

- Esu girdėjęs apie baltą-juodą akmenuką. Tai tik legenda, bet sakoma, kad toks akmenėlis yra kaip „In' ir

,Jan. "Skirtumas tarp jų yra tik toks, kad viena akmenėlio pusė atstovauja kiekvieną dalyką pozityviai (vyriškoji), o kita apibūdinta kaip neigiama (moteriškoji), o jų abiejų balansas yra labai pageidaujamas. Juoda reprezentuoja blogį arba pragarą, o balta – dangų arba absoliutų gėrį.

Aš paliečiau sieną. Ji buvo labai karšta. Pastebėjusi įtrūkimą, ten nukreipiau žibintą ir pažiūrėjau pro plyšį.

- Už tos sienos yra takelis, - sušnibždėjau.

Aš mačiau raudonos šviesos ruožą. Atrodė, lyg liepsnotų nedidelė ugnelė.

- Paklausyk, - pasiūlė Radžis.

Prikišau ausį prie sienos ir išgirdau iš už jos sklindantį šnabždesį.

- Ar girdite, ką jie sako?

- Ne, bet iš jų balsų intonacijos sprendžiu, kad jie dėl kažko sunerimę.

Mes stengėmės pastumti sieną ir ieškojome būdų, kaip patekti į kitą pusę, bet tai pasirodė neįmanoma.

- Jau vėlu, - sušnabždėjo Radžis. – Mums reikia grįžti.

- Gal ateikime čia rytoj? - pasiūliau.

- Galbūt, bet dabar privalome sukti link namų, nes tavo tėvas tikriausia jaudinasi nežinodamas, kur dingai.

Tiesa sakant, grįžti nenorėjau. Buvo įdomu, kas ten, už sienos, bet profesorius, aišku, teisus.

- Gerai, eikime.

Prireikė penkių minučių kol atsidūrėme lauke. Miškas skendėjo tamsoje. Radžis pasiėmė savo krepšį ir mes nuskubėjome prie mašinos. Ir vėl tas keistas aidas...

- Kas tai per garsas? – stebėjosi mano bendrakeleivis.

- Tai garsas, apie kurį minėjau.

Radžis atrodė šiek tiek paranojiškas.

- Anksčiau nesu girdėjęs tokio, - tarė susijaudinęs.– Eime!

- Nurimkit, profesoriau. Aš žinau, kaip rasti kelią atgal.

Įsėdę mašinon, pasukome link mano namų.

- Nepasakok niekam apie tai, ką matėme, - įspėjo mane.

- Nesakysiu nė žodžio, prižadu! - nuraminau.

- Rytoj aš tave paimsiu ir, jei tik nori, galėsime vykti prie urvo ir patikrinti.

- Būtinai!

Namuose tėtis manęs laukė su vakariene. Jis pasidomėjo, kaip praleidau šią dieną, kaip sekėsi mokykloje.Tėtis norėjo žinoti, ar man viskas gerai taip toli nuo Europos, ar norėčiau vėl ten grįžti. Pasakiau, kad džiaugiuosi būdama čia: draugauju su mielu berniuku ir viskas man sekasi puikiai. Tėtis pasiūlė išsirinkti gerą filmą ir pažiūrėti drauge su juo. Iš tiesų aš nieko nenorėjau žiūrėti, buvau pavargusi, bet su tėte praleidžiu tiek mažai laiko, todėl sutikau. Kaip ir kiekvieną kartą, tėvas užsnūdo įpusėjus filmui. Nenorėjau jo žadinti, nes atrodė pavargęs, todėl tik apklojau antklode.

Naktis buvo tyli. Negirdėjau jokio triukšmo ar vėjo. Vienintelis garsas, sklindantis iš lauko, - nuostabi žiogų daina. Dangus buvo giedras, apšviestas tūkstančio žvaigždžių. Atsigulusi žiūrėjau į mėnulį, lėtai slenkantį nakties dangumi, ir užmigau.

Dar kartą sapnavau berniuką kurį mačiau miške. Jis stengėsi man kažką pasakyti, bet mane blaškė triukšmas ir šurmulys, kurį girdėjau sklindant iš urvo. Berniukas bandė mane apie kažką įspėti, bet aš neišgirdau.

Jis nubėgo į urvą, o aš sekiau iš paskos. Bėgau visą kelią iki galo, o kai čia atsiradau, berniukas buvo dingęs. Pažvelgiau pro plyšį ir pamačiau jį bėgant anapus sienos. Šūktelėjau, kad sustotų, bet veltui.„Ar čia kas nors yra?" – bandžiau sužinoti. Ir staiga kažkas sugriebė mane už pečių ir ištempė laukan. Saulė švietė taip ryškiai, kad aš negalėjau nieko įžvelgti. Vienintelis dalykas, kurį pastebėjau, - ilgi pirštų nagai ir didžiulės rankos. Tai turėjo būti stiprus vaikinas, kuris galėjo pačiupti mane ir viena ranka ištraukti iš urvo. Nuo jo sklido toks pat kvapas kaip ir nuo ano vaikino.Galva ėmė svaigti, aš užsimerkiau ir iškart pabudau. Supratau gulinti savo lovoje.

Kambaryje buvo vėsu, nes užmigau prie atviro lango. Pažvelgiau aukštyn – dangus pilkas, debesuotas, atrodė, kad tuoj pat pradės lyti. Pagaliau šeštadienis.

Tačiau buvau per daug susijaudinusi, kad galėsčiau ilgiau pamiegoti. Žvilgtelėjau į telefoną ir pamačiau žinutę iš Eli: „Ei miegale, pasiilgau tavęs! Tikiuosi susisiekti šį vakarą. Ar rytoj esi laisva?" Žinutės tekstas mane sužavėjo, nes tai nebuvo slengas. Šis vaikinas tikrai kitoks ir man tai patiko. Nusiunčiau žinutę atgal: „Sveikas, Eli! Sėkmes jūsų komandai, atleisk, kad negaliu ateiti „pasirgti" už jus, bet žinau, kad tavo komanda stipri. Jeigu nori šį savaitgalį pasimatyti, užsuk pas mane rytoj. Ir aš ilgiuosi tavęs, būk ramus."

Išėjau į kiemą laukti Radžio. Po penkių minučių jisai išdygo su savo pikapu.

-Ei, kaip tu šį rytą?

-Aš iš tiesų jaudinuosi dėl šios dienos. Nežinau, ką mes ruošiamės rasti, bet esu geros nuotaikos! - tariau.

Kai atsidūrėme miške, oras buvo bjaurus: pūtė vėjas ir tamsūs debesys jau dengė dangų. Vos tik spėjome įžengti į urvą, pradėjo pilti lietus.

Šiandien negirdėjome jokio šnabždesio. Priartėję prie sienos stabtelėjome, nežinodami, kaip pereiti į kitą pusę per kliūtį, kuri buvo mūsų kelyje. Stengėmės ją pastumti, Radžis bandė pajudinti, bet ta nė nekrustelėjo. Atsisėdome prie sienos ir pradėjome kalbėtis.

- Galbūt tai, kas yra kitoje sienos pusėje, nėra tai, ko turėtume ieškoti? – suabejojo Radžis.

- Kažin... Bet mes kai ką čia atradome ir negalime pasiduoti!

- Ką tu siūlai? Susprogdinti? – paklausė jis sarkastiškai.

Įkišau rankas į kišenes ir staiga užčiuopiau akmenuką, kurį buvau radusi. Gal jis galėtų būti raktas ir įvesti mus per šias duris? Atsistojusi pradėjau žiūrėti į sieną ir aplinkui viską liesti. Užčiuopiau plyšį, kurį buvau pastebėjusi, kai čia buvome paskutinį kartą. Jis buvo tokio pat dydžio kaip ir akmenukas. Įstūmiau jį gilyn ir staiga siena prasivėrė. Radžis pašoko nuo žemės.

- Ką tu padarei?–paklausė. Jis jautėsi kaip globėjas:atsistojo prieš mane ir ištiesė rankas. Siena ėmė iš lėto vertis.

- Ši siena yra lyg vartai, o akmenėlis yra raktas juos atidaryti!

Nežinojome, kas yra kitoje sienos pusėja. Kai ji prasiskyrė, Radžis pirmas žengė žingsnį vidun, o aš buvau greta jo. Iš lėto įžengę į urvą, pamatėme vaizdą, kurį sunku apibūdinti. Tai buvo visai naujas pasaulis. Dangus ne mėlynas, o šviesiai oranžinis, saulė ryškiai raudona, o mėnulis - violetinis. Abu jie švietė tuo pačiu metu. Priėjome prie ežero, kurio vanduo buvo toks mėlynas ir skaidrus, kad galėjai matyti viską iki dugno. Spindėjo sidabriniai medžių lapai. Pūtė lengvas, gaivus vėjelis. Saulė nebuvo karšta, todėl temperatūra normali. Aplink mus nieko nesimatė. Išsiėmiau telefoną,

norėdama nufotografuoti, bet negalėjau juo pasinaudoti.
Sustojo ir mano laikrodis. Radžis žvilgtelėjo į savąjį, šis
tai pat nėjo.

- Atrodytų,kad čia veikia magnetinis laukas, kuris išveda
iš rikiuotės visus elektroninius prietaisus, -paaiškino
profesorius.

Neprieštaravau. Ežere nemačiau jokios žuvies, o aplink-
jokių gyvybės ženklų.

- Kas tai per vieta?- pasidomėjau.

- Nežinau. Jaučiuosi kaip visiškai naujame pasaulyje.

- Iš kur, jūsų nuomone, sklido šnibždėjimas?-
nekantravau iš smalsumo.

- Iš kažkur ėjo, o dabar dingo,- tik tiek galėjo pasakyti
Radžis.

Žolėje nebuvo jokio takelio. Nemačiau jokių kelių, namų ir
apskritai jokių ženklų ar pėdsakų žmogaus, kada nors
vaikščiojusio šioje vietoje. Oras maloniai kvepėjo. Atrodė, kad
kiekvienu įkvėpimu mes gauname švaraus, šviežio deguonies
gurkšnį.

- Ar jūs pritariate, kad čia nuostabu?- žavėjausi aš.

- Iš tiesų,- patvirtino Radžis.

- Bet kaip tai įmanoma? Kaip gali būti niūru ir pilka
vienoje urvo pusėje ir taip dieviška kitoje?

Iš tiesų tai buvo nepaaiškinama.Toks vaizdas atėmė
mums žadą.

- Aš norėčiau išsiaiškinti, kaip tai įmanoma,- pasakė profesorius, kai mes kurį laiką sustoję gėrėjomės vaizdu.–Aš manau, kad mes neturėjome rasti kelio į šią vietą. Mes neturėtume čia būti.

Supratau: jis jaudinasi, kad aš galiu apie tai išpasakoti žmonėms, o tada jie ateis į šią vietą ir sunaikins visa ,kaip jau yra išnaikinę nuostabius gamtos kūrinius savo žemėje.

- Kodėl jūs taip jaudinatės? Nepasitikite manimi? Aš nesiruošiu niekam pasakoti apie šią vietą.

- Eime, pasivaikščiosime aplink, kad pamatytume, ką galime čia rasti.

IV Skyrius
ŠVIESOS PRINCAS

Mes braidžiojome po žolę, kol priėjome mišką. Girdėjome iš ten sklindantį keistą garsą. Mudu su Radžiu buvome jau bežengią link to keisto garso, bet netikėtai iš nežinia kur kažkas mums šūktelėjo:

- Neikite ten, svetimieji! Šis miškas yra uždraustas!

Mes atsigręžėme: čia vėl buvo tas vaikinas.

- Kas čia per vieta?– pasidomėjau.

- Aš tau sakiau neeiti čia! Tai jums per daug pavojinga. Būdami čia, galite sukelti didelį pavojų sau ir mums.

Radžis buvo praradęs kantrybę. Jam nepatiko, kai žmonės neatsakydavo į klausimus.

- Atsakyk jai, kas čia per vieta?

- Šios vietos neįmanoma apibūdinti ar pavadinti. Ką jūs dabar matote, nėra tai, kaip ši vieta iš tikrųjų atrodo.Tai yra iliuzija. Ši vieta gali atrodyti kaip rojus, bet iš tiesų ji yra prakeikta ir mes niekada negalėsime grąžinti buvusio vaizdo.

Mes nelabai supratome, apie ką jis kalba. Ką reiškia prakeikta? Niekados nebuvau mačiusi tokios nuostabios vietos kaip ši!

- Kas tu esi?– paklausiau.

- Aš esu Kilnusis Kraujo Princas, paliktas čia saugoti šią vietą nuo viso blogio, kuris yra anapus miško.

- Kaip ši vieta atrodė seniau?– pasidomėjo Radžis.

- Prieš dvylika metų, kai aš buvau mažas berniukas, čia buvo Svajonių šalis, kurioje viskas išsipildo. Nebuvo čia jokio blogio ir nė vieno gobšuolio, kuris savanoriškai kenktų kitiems. Bet vieną dieną kažkas iš jūsų atėjo į šią vietą ir pradėjo piktnaudžiauti savo galiomis šitame rojuje. Jis tapo galingiausiu sutvėrimu iš visų, kurie čia buvo, ir pasivadino Tamsiuoju Valdovu. Jis nužudė visus baltuosius magus ir sukūrė juodąją magiją, susirinko savo kariuomenę ir paskelbė mums karą... Mano tėvas vadovavo armijai, kuri stojo prieš Tamsųjį Valdovą. Mano tėvas buvo Dangaus Karalius ir dėl savo žmonių saugumo jis pakvietė Tamsųjį Valdovą į dvikovą. Kova truko apie valandą. Tai buvo dvikova tarp stipriausių pasaulyje gyvybių. Atrodė, kad mano tėvas laimi, bet čia Tamsusis Valdovas panaudojo juodąją magiją, kad atakuotų mano tėvą iš užnugario. Rojaus Karalius buvo sunkiai sužeistas, bet prieš mirtį jis savo atodūsio galia ir slaptažodžiu pasiuntė baltąją magiją, kad pašalintų

Tamsos Valdovą iš Rojaus ir jį užmigdytų, sutramdytų jo jėgas ir šis neturėtų galios veikti kitoje miško pusėje. Tačiau tie burtai silpnėja, nyksta, mąžta, o Tamsiojo Valdovo galybė tampa vis stipresnė ir, kaip sakoma, dar minutė kita ir jis atbus kerštui. Čia yra Juodasis Magas, kuris stengiasi kuo greičiau pabudinti Tamsos Valdovą, bet jiems trūksta kažko, ko mūsų pasaulyje nėra, o iš jūsų pasaulio jie atsigabenti negali.

- Ką jūs darėte mūsų pasaulyje? – paklausiau.
-Aš turiu apsaugoti jūsų pasaulį nuo padaro, kuris yra siunčiamas, kad priviliotų vieną iš jūsų jiems padėti.

- Kai sutikau tave pirmą kartą, nuo tavęs dvelkė stiprus kvapas, o dabar negaliu jo užuosti.

- Jūsų pasaulis labai skiriasi nuo mūsų. Mums draudžiama vaikščioti tarp jūsų, o jums – tarp mūsų, bet yra kažkas, kas traukia mus prie jūsų, kaip ir mūsų pasaulis traukia jus čia.

- Gal mes galėtume jums padėti?– pasiūlė Radžis.

- Žmones vilioja eiti į mišką ir prie blogio, kuris yra už jo. Bet tie, kurie vaikšto po mišką, niekada negrįžta. Blogio įtaka žmonėms yra stipresnė už gėrio galią. Miško burtai ir grožis traukia netgi stipriausius padarus. Štai kodėl judu ėjote link miško ir negalėjote suprasti kodėl.

Visa tai man atrodė nerealu. Aš maniau, kad tai vienas iš mano sapnų ir kad galiu dabar pabusti bet kurią minutę. Įgnybau sau, bet pajutau skausmą. Nežinojau, ką turėtume daryti, o ir Radžis, atrodė, lyg žadą praradęs.

- Dabar, kai jūs esate čia pabuvoję,- toliau aiškino vaikinas,- jus trauks ateiti į šią vietą, kaip ir mane traukia ateiti pas jus. Aš užrakinau vartus tarp jūsų ir mūsų pasaulių. Tik tas, kuris turi gyvenimo akmenėlį, gali atverti šią sieną. Aš suprantu, kad jūs radote vieną iš magiškų raktų.

-Taip, aš atradau jį vakar,- prisipažinau.

- Mes esame garbingi žmonės: tikime likimu ir siekiame kilnesnio tikslo, taigi, aš leisiu jums turėti raktą taip ilgai, kiek jūs prižadėsite laikyti penkių paprastų taisyklių, kurias mes sukūrėme:

1.Jūs neturite teisės atsivesti čia nieko, kieno širdis netyra.

2.Jūs negalite nieko pasiimti iš šio pasaulio ir perduoti savo pasauliui.

3.Jūs negalite šiame pasaulyje palikti nieko, kas priklauso jūsų pasauliui.

4.Jums negalima eiti į uždraustą mišką.

5.Jūs negalite ateiti ir pasilikti, kai saulė yra juoda.

- Tai yra taisyklės, kurių privalote laikytis. Jei sulaužysite nors vieną iš jų, grės didžiulis pavojus ir mano, ir jūsų pasauliui.

Šitos taisyklės neatrodė per sunkios. Mes pažadėjome vaikinui, kad jų laikysimės. Radžis pažiūrėjo į mane ir tarė:

- Lana, mes tikriausiai privalome eiti atgal.

Jis jautėsi nejaukiai, lyg nekviestas svečias, bet aš turėjau dar tiek daug klausimų.

-Ne,prašome ateiti ir susipažinti su mano šeima. Dabar jūs esate mūsų svečiai.

- Mes galėtume pasilikti bent trumpam, ar ne taip, profesoriau? – paklausiau su viltimi.

- Taip, būtų labai malonu sužinoti ką nors daugiau apie šį pasaulį,- pritarė Radžis.

- Kai ką jūs privalote žinoti prieš įeidami į mano namus. Kai kurie iš mūsų turi tai, ką jūsų pasaulio žmonės vadina ypatingais sugebėjimais. Daugelis iš mūsų sugeba padaryti neįmanomus dalykus, apie kuriuos net sunku įsivaizduoti. Dalis iš mūsų dar neatrado savo sugebėjimų, bet kiekvienas žmogus, kuris čia gyvena, anksčiau ar vėliau juos įgis.

- Ką jūs turite galvoje, sakydamas „gabumai?"– pasidomėjau.

-Vienas iš mūsų gali susikalbėti su gyvūnais, kitas sugeba skristi, o mūsų mokytojas, vardu Nemirtingasis, yra daugiau nei tūkstančio metų amžiaus, o atrodo dar gana jaunas vyras. Kiekvienam būdingi skirtingi gabumai, kurie visada pasitarnauja kokiam nors tikslui.

Mes nuolatos padedame vienas kitam ir niekada nepiktnaudžiaujame savo galia savanaudiškiems tikslams.

Visa tai skambėjo neįtikėtinai. Šis berniukas pasakojo mums apie baltąją ir juodąją magiją, sakė, kad jo tėvas buvo Dangaus Karalius ir kad visi jie turi ypatingų gabumų. Nežinau, ar aš galiu patikėti jo žodžiais. Mes tiesiog turėtume eiti su juo ir patys viską pamatyti. Ėjome beveik du kilometrus, kol įžengėme į kukurūzų lauką. Kai sustojome, berniukas pažvelgė į mus ir tarė:

- Atvykome!

Radžis susierzinęs paklausė:

- Ką jūs turite galvoje?Juk čia tik kukurūzų laukas.

Pasijutau tarsi šio berniuko apgauta.

- Revelamini Urben!– sušuko berniukas.

- Revela kas?– paklausiau Radžio.

- Revelamini Urben, tai lotyniškai rėškia „atsiveriantis miestas",– paaiškino profesorius.

Kukurūzų laukas pradėjo nykti ir iš žemės ėmė kilti pastatai. Per keletą sekundžių atsivėrė miesto vaizdas. „Gal tai tik iliuzija?" – pamąsčiau.

- Kaip tu tai padarei?– paklausiau apstulbusi.

- Aš nieko nedariau. Tai vienas iš didžiausių mūsų žmogaus sugebėjimų. Jis gali paslėpti daiktus jūsų akyse. Mes Jį vadiname Iliuzionistu.

- O kaip jie vadina tave?– neiškentusi paklausiau.

- Vardus mes gauname pagal savo sugebėjimus. Mano tėvas buvo Dangaus Karalius, o mano motina– Pasaulio Deivė. Dievai turi gausybę gabumų. Ir aš esu dievas, bet nenoriu būti taip vadinamas. Kaip ir mano tėvai, aš turiu keletą sugebėjimų. Čia mane vadina Šviesos Princu.

Bekalbėdami įžengėme į miestą. Jis buvo naujas ir atrodė įspūdingai. Pastatai – įvairių formų ir dydžių: dangoraižiai, daug kitokių namų, kurie skyrėsi vienas nuo kito savo formomis ir spalvomis. Mes ėjome tiesiai į miesto centrą, kurios vidury žaliavo parkas. Aš pastebėjau, kad daugelis žmonių įtariai stebi mus, lyg ketintume ką nors blogo daryti. Princas pasodino mus ant suoliuko ir sukvietė žmones. Jų buvo apie šimtą. Princas atsistojo prieš juos ir pradėjo kalbėti:

- Laba diena kiekvienam. Dėkoju visiems čia susirinkusiems. Šiandien pas mus du nauji svečiai iš pasaulio, apie kurį jums pasakojau. Pakviečiau juos atvykti ir susipažinti su jumis. Nedvejodami parodykite jiems kai ką iš savo sugebėjimų. Jų pasaulis nepanašus į mūsų, jie neturi tokių galių kaip mes. Jie nemato pasaulio taip, kaip mes matome. Prašau, neabejodami pasidalinkite su jais savo gyvenimo istorijomis, legendomis apie mūsų pasaulį. Lai jie čia jausis patogiai. Įrodykime, kad esame jų draugai.

Viskas atrodė normalu. Sunku būtų atspėti, kad šie žmonės turi neįtikėtinų galių. Jie elgėsi labai draugiškai, kvietė drauge pavakarieniauti.

- Tai būtu puiku!- nudžiugo Radžis.

Mes buvome nevalgę nuo pat ryto, abu alkani. Saulė dar nenusileidusi ir atrodė, kad ji nepajudėjo nuo to laiko, kai mes atvykome čia.

- Kiek valandų?– norėjau žinoti.

- Maždaug septinta vakaro,- atsakė viena mergina.

- Kaip tai įmanoma, kad saulė nepajudėjo nuo to laiko, kai mes atvykome?

- Taip yra dėl to, kad Šviesos Princas neleidžia saulei nusileisti iki dešimtos vakaro, todėl pas mus daugiau šviesos.

Tai buvo nuostabu. Aš panorau, kad saulė taip ilgai nenusileistų ir mūsų pasaulyje.

Žmonės padarė didelį ratą ir vienas vyras nuėjo į jo vidurį. Jis palietė žemę ir iš jos iškilo milžiniškas stalas su kėdėmis aplink jį. Kai vyras grįžo, atėjo mergina, kuri priėjusi padėjo rankas ant stalo. Ji užsimerkė ir staiga čia atsirado daugybė maisto. Visi prisiartino prie stalo ir atsisėdo.

Aš pasirinkau vietą šalia merginos, sugebėjusios skaityti bet kurio žmogaus mintis. Vyras, vardu Greitis, pasakė mums esąs greičiausias iš visų padarų.

Maistas buvo nepaprastai gardus. Niekada neteko matyti tokios valgių įvairovės. Visi mielai bendravo tarp savęs ir atrodė laimingi, tik Princas apie kažką mąstė. Jis iš lėto atsistojo. Staiga visi nutilo, pasuko galvas į jo pusę ir sukluso.

- Tai įvyko prieš aštuonerius metus. Ateitis sapnavo, kad vyras ir jauna mergina atvyks į mūsų pasaulį. Ji man liepė sutikti šiuos svečius su pagarba, kad jie jaustųsi esą laukiami. Jei mano tėvas būtų čia, jis didžiuotųsi kiekvienu iš jūsų. Kartu būdami mes stiprėjame kiekvieną dieną. Nepiktnaudžiaujame savo galia kaip Tamsos Valdovas. Mes visi esame kaip vienas ir darome viską, kad apsaugotume savo šeimą. Aš sukviečiau jus visus šį vakarą ne tik dėl to, kad pamatytumėt mūsų naujus draugus. Noriu kai ką pasakyti jums visiems. Praėjusią naktį mane užpuolė žvėris iš uždrausto miško. Mane apsaugojo brangi mūsų draugė Ateitis. Mano gyvybę ji išgelbėjo, bet ją pačią ragu perdūrė žvėris. Parnešiau ją namo ir Gydytojas darė viską, kad išgelbėtų, bet to neužteko. Ateitis sakė, kad mums gresia didžiulis pavojus ir kad naujieji draugai mums galėtų padėti. Įspėjo, kad būtume pasiruošę ir laikytumeisi kartu. Bet Ateitis mirė, nespėjusi pasakyti, kaip ir kada tai atsitiks. Esu jai dėkingas už kiekvieną dalyką, kurį padarė dėl mūsų. Mes visi privalome nulenkti prieš ją galvas ir pagerbti tylos minute, prisiminti, kaip ji tam tikrais būdais padėjo kiekvienam iš mūsų. Ši vieta be jos bus kitokia. Mes jos labai pasigesime.

Visi nulenkėme galvas, užmerkėme akis. Aš niekada nebuvau šios merginos sutikusi, bet kai Princas kalbėjo, iš jo žvilgsnio supratau, kokia įtakinga ji buvo jam ir kiekvienam čia esančiam.

- Dėkoju jums visiems,- po tylos minutės tarė Princas.

Radžis atsistojo:

- Nuoširdžiai dėkojame jums už pakvietimą bei vakarienę ir galimybę pamatyti jūsų pasaulį. Bet dabar privalome grįžti namo. Mes tikimės, kad galėsime kada nors ateityje jus visus pamatyti.

Kiekvienas pasakė „Sudie," „Iki pasimatymo" ir Princas išlydėjo mus link urvo. Kelyje pasakojo apie Ateitį, prisipažino, kad jie mylėjo vienas kitą, kad augdami daug laiko praleido kartu. Ateitis buvo ta, dėl kurios jis sulaikydavo saulę danguje, kad galėtų ilgiau pabūti drauge. Princas mums sakė, kad ji pasakodavo jam apie ateitį, o jis stengėsi padaryti, kad įvyktų visa, kas gera, ir pakeistų tai, kas gali būti bloga. Jie mylėjo vienas kitą ir Princas norėjo merginą paimti į Dausas, kur gyveno Dievai. Parodė jai pasaulį Dievų akimis. Sakė, kad tik dievams leidžiama vaikščioti tarp abiejų pasaulių arba tiems, kam buvo likimo skirta, bet jis, dėl mylimosios, sulaužė taisykles ir parodė jai abu pasaulius.

Kai įėjome į urvą, Princas atidarė vartus ir atidavė man akmenėlį.

- Linkiu jums saugios kelionės atgal. Esate čia laukiami bet kuriuo metu.

Padėkojome jam už nuostabius patyrimus ir puikiai praleistą laiką. Paprašėme jam padėkoti visiems dar kartą nuo mūsų abiejų.

Kai išėjome pro vartus, šie sandariai užsidarė. Buvo jau tamsu, sparčiai ėjome link mašinos. Važiavome tylėdami : manau, kad abu dar buvome apstulbę nuo to, ką šiandien regėjome.

Kai įžengiau į namus, buvo jau devynios vakaro. Tėtis sėdėjo prie stalo laukdamas manęs grįžtant. Jis buvo paruošęs vakarienę ir džiaugėsi mane matydamas.

- Kaip praleidai dieną, brangioji?

- Ji buvo nuostabi, teveli.

Nenorėjau jam pasakoti, kas atsitiko nes jis vis tiek nepatikėtų.

- Aš sutikau daug įdomių žmonių ir įsigijau keletą naujų draugų.

- Puiku! Ar greit galėsiu su jais susipažinti?

- Kurią nors dieną aš tave jiems pristatysiu.

- Paruošiau vakarienę,- priminė.

- Atleisk. Jaučiuosi kalta, kad priverčiau tave taip ilgai laukti.

Tėtis retai ruošdavo vakarienę, todėl, nors buvau jau soti, atsisėdau šalia jo ir suvalgiau keletą kąsnelių. Tėtis stengėsi paslėpti, bet aš negalėjau nepastebėti, kad jam kiekvieną dieną vis blogiau. Jis sirgo vėžiu – sunkia kaulų čiulpų ir limfmazgių liga.

Gydytojai nežinojo, kiek jam liko gyventi. Jie teigė, kad tai gali tęstis keletą savaičių, bet ne ilgiau kaip metus. Buvo neramu, kad jis valgė tiek mažai.

Po vakarienės nuėjau prie jo lovos ir pataisiau apklotą. Tėtis paprašė manęs pasikalbėti, ir aš papasakojau jam istoriją apie Šviesos Princą ir jo žmones. Žinau, jis nepatikėtų, jei sakyčiau, kad tai tiesa, todėl pateikiau tai kaip įdomią pasaką. Nuo savo tėvo neturėjau jokių paslapčių ir tai buvo geriausias būdas pasakoti jam apie viską. Kai jis užmigo, aš dar pasėdėjau šalia laikydama jo ranką. Negalėjau susitaikyti su faktu, kad mano brangiausias žmogus gali kurią nors dieną neatsibusti. Niekados nežinojau, kaip gyvenčiau, jeigu jo netekčiau.

Kitą rytą aš paskambinau Eli ir paprašiau, jei gali, atvykti pas mus ir praleisti nors kiek laiko su manim ir tėčiu. Maniau, kad jis, kaip ir dauguma vaikinų, tik laikinai mane „kabino", bet Eli sakė būsiąs laimingas, galėdamas pabūti šalia mūsų abiejų.

Tėtis vis dar miegojo, ir aš nenorėjau jo žadinti, todėl savo draugo laukiau už durų.

Kai pamačiau jo mašiną, iš tiesų susijaudinau. Mano širdis ėmė plakti kaip per pirmąjį pasimatymą, jutau, kad raustu. Išlipęs iš mašinos, artinosi prie manęs, vieną ranką laikydamas už nugaros. Pabučiavęs į skruostą tarė:

- Aš ilgėjausi tavęs, Lana.

Paskui paprašė manęs užsimerkti. Kai atvėriau akis, jo rankose pamačiau violetinių rožių puokštę.Tokios spalvos rožių iki šiol dar nebuvau regėjusi. Tai buvo pačios gražiausios gėlės, kokias man teko matyti, ir pirmas kartas, kai vaikinas įteikia jas be jokios priežasties.

- Dėkoju, jos nepaprastos! - Apkabinau jį ir pakviečiau užeiti vidun.– Tėtis dar miega. Paruošiu pusryčius jums abiems.

- Ačiū, nereikia .Aš jau papusryčiavau, bet gal galiu tau padėti?

- Puiku. Parodyk savo kulinarijos įgūdžius.

Paruošėme tėtei plaktos kiaušinienės su šonine, paskrudintos duonos su žemės riešutų sviestu ir stikline apelsinų šulčių. Paprašiau Eli pasėdėti svetainėje, kol pateiksiu tėtei maistą. Kai įėjau i miegamąjį, jis dar miegojo. Pamatęs mane su dėklu rankose, nusijuokė:

- Kuo nusipelniau, nuostabioji, mieloji mano mergyte?- paklausė šypsodamasis.

- Tėti, ar neprieštarausi, kad pakviečiau Eli praleisti dienelę su mumis?

- Jūs dviese galite eiti, kur tik norite. Aš manau, kad tai būtų linksmiau, negu pasilikti namuose su senu žmogumi.

- Klysti, tėveli, Eli sakė, kad nori praleisti nors truputį laiko su mumis, o aš taip pat to noriu.

Mačiau iš akių, kiek daug jam reiškia toks dėmesys, tik jis nenori to sakyti.

- Kai baigsi valgyti maistą, kurį tau paruošėme, ateik žemyn ir galėsi išsirinkti mėgstamiausią filmą iš tų, kurios atnešė Eli.

Grįžau į svetainę. Eli atsistojo ir paklausė, kur aš norėčiau sėdėti. Pagalvojau, kad jis labai mielas, ir paprašiau, kad sėstų šalia manęs. Mano skruostu nusirito ašara. Žvilgtelėjęs į mane, Eli sunerimo:

- Kas negerai? Gal aš tave kuo nors nuliūdinau, įskaudinau?

Nenorėjau pasakoti jam apie tėvo savijautą. Niekam apie tai nebuvau sakiusi, bet pamaniau, kad Eli galėtų žinoti. Pasakiau, kad tėtis serga vėžiu ir jam gyventi liko nedaug. Pasiguodžiau, jog bijau jo netekti ir negaliu leisti jam išeiti. Eli nežinojo, kaip mane nuraminti: juk jis nėra praradęs nė vieno iš savo tėvų, o aš netenku jau antro. Jis nušluostė mano ašaras ir švelniai apkabino:

- Brangink kiekvieną akimirką, nes niekada negalėsi jos susigrąžinti. Praleisk su juo kuo daugiau laiko ir žinok, kad aš visada atsirasiu šalia jūsų, kai tik būsiu reikalingas, dieną ar naktį. Vienas skambutis – ir aš jau čia.

Po jo žodžių pasijutau geriau. Eli, nors buvome tik neseniai susipažinę, rūpinosi manimi, lyg būtų pažinojęs mane visą gyvenimą.

Mes kalbėjomės apie daug ką - Eli buvo toks iškalbus! - jo šeimą, vaikystę, apie vietas, kuriose jam teko lankytis...

Po keleto minučių į kambarį atėjo tėvelis ir Eli pakilo.

- Sveiki, pone, kaip jaučiatės šį rytą?

- Prašau, sėdėk ir vadink mane Luku.

Neabejojau, kad Eli tėčiui patiko. Pasakiau savo draugui, kad tėtė moka pasakoti daug gražiausių legendų .Eli neslėpė savo susidomėjimo ir noro jo klausytis. Džiaugiausi, kad tėtis rado bendrų interesų su mano draugu. Jis žinojo, kiek daug tai reiškia man. Pastebėjau, kad ir Eli mielai bendrauja.

Laikas bėgo labai greitai, pradėjo temti. Eli pasiliko vakarieniauti, o pavalgę nutarėme žiūrėti filmą, kurį jis atsivežė. Tai buvo tėvelio mėgstamiausia istorija apie Aleksandrą Didįjį. Po to tėvelis atsikėlė nuo sofos ir tarė:

- Dėkoju, kad atvykai praleisti laiką su dukra ir manim. Ši diena su jumis buvo nuostabi, bet man jau laikas į lovą.

- Man taip pat buvo malonu,- tarė Eli.- Dėkoju už galimybę pabūti su jumis.

Tėvui išėjus, aš priėjau prie Eli ir pabučiavau į lūpas. Mano širdis lakstė, daužėsi po visą krūtinę, bet greitai aš vėl pasijutau saugi. Mano lūpos truputį virpėjo. Eli atmerkė akis ir pažvelgė į manąsias. Keletą sekundžių mes tylėjome. Norėjau jam pasakyti, kad jis man reiškia visą pasaulį. Eli nubraukė mano plaukus už ausų ir iš lėto pasilenkė kitam bučiniui. Palydėjau Eli iki mašinos ir pasakiau, kad kiekviena minutė, praleista su juo, leidžia man pasijusti laimingai ir saugiai. Jis

nusijuokė ir padėkoju už nuostabiai pralestą dieną.
Prisiglaudžiau... Kaip nenorėjau kad jis išvažiuotų! Eli
pabučiavo mane į kaktą ir atsisveikino: „- Labanaktis, mano
meile"...

V Skyrius
SANDĖRIS

Ir vėl pirmadienis, ir vėl teks grįžti į kolegiją. Susidėjau daiktus ir nuėjau į tėtės kambarį pasakyti, kad išvykstu. Kai priėjau prie lovos, jis atrodė labai blogai – pradėjo kosėti krauju, o rankos buvo labai šaltos. Tai buvo momentas, kai aš jaučiausi beprarandanti žmogų, kuris buvo pats svarbiausias mano gyvenime. Nejaugi nėra jokios galimybės jam padėti? Aš nenorėjau pasiduoti. Kai stengiausi padėti tėčiui atsisėsti, iš mano kišenės iškrito akmenėlis.Tai buvo tarsi ženklas: yra juk ten žmonių, turinčių ypatingų sugebėjimų, turi būti kažkas, galintis suteikti pagalbą.

Nuvedžiau tėtį į mašiną, paguldžiau ant galinės sėdynės. Nuvežiau į mišką, padėjau jam išlipti ir uždėjusi rankas sau ant pečių, nusivedžiau jį prie urvo.

- Ką mes čia darome?– paklausė jis tyliai.

- Turi patikėti manimi, tėveli, būk tvirtas.

Mes įžengėme į urvo vidų. Čia buvo visiškai tamsu, bet aš

žinojau kelią. Kai priėjome prie vartų, išsiėmiau akmenėlį ir priglaudžiau jį prie sienos. Siena atsivėrė, bet mano tėtis apalpo ir susmuko ant žemės. Neturėjau jėgų grįžti atgal, todėl nutempiau jį į kitą urvo pusę.

Dangus buvo tamsus, saulė juoda. Prisiminiau taisyklę: neiti čia, kai saulė bus juoda, tačiau neturėjau kito pasirinkimo. Aš negalėjau leisti tėvui numirti ir pasiryžau bet kuria kaina jį gelbėti.

- Pagalbos! – sušukau.

Atsisėdau ant žemės, o tėvo galvą padėjau sau ant kelių. Aš supratau, kad jis praranda paskutines jėgas. Pradėjau jaudintis ir verkti.

- Prašau,kas nors padėkite jam...

Pamačiau link manęs besiartinantį vyrą su juodu krepšiu.

- Pone, prašau, padėkite jam.

Nepažįstamasis pažiūrėjo į mane ir tarė:

- Jūse esate ne iš šio pasaulio.

- Maldauju, jei galite, padėkite jam. Jis serga vėžiu. Ar čia yra kas nors, kas galėtų jam padėti? Labai prašau...Jo valandos suskaičiuotos, jis neturi laiko laukti.

- Aš galiu jį išgydyti, bet man reikės iš jūsų pasaulio vieno daikto, kurio mes čia neturime.

Aš negalėjau blaiviai mąstyti, visos mano mintys sukosi apie tai, kaip išgelbėti tėvo gyvybę.Todėl pasakiau:

- Aš jums atiduosiu bet ką, jei jūs jį išgydysite!

Jis nusivilko apsiaustą, pasirausė savo krepšyje, ištraukė kažkokius juodus miltelius ir liepė man juos palaikyti. Nuvilkęs tėvo marškinius išbarstė miltelius ant tėvo krūtinės. Pasklido malonus kvapas. Miltelių buvo daug, jie padengė visą tėvo krūtinę. Nepažįstamasis išsitraukė plunksną ir pradėjo braižyti linijas. Galiausiai jis apibrėžė vietą, kur buvo tėvo širdis, išsiėmė peilį ir lengvai įbrėžė odą jo krūtinėje.Tada papūtė ir visi miltelei pradėjo judėti kaip maži vabaliukai. Jie visi įšliaužė į pjūvio vietą. Pjūvis iš lėto užsispaudė, palikdamas nežymų randą. Tada nepažįstamasis pažiūrėjo į mane ir tarė:

- Aš jašm padėjau. Viskas bus gerai. Dabar jis turi išvykti iš šio pasaulio, o tu privalai atnešti man šviesų gintaro akmenėlį. Paskubek, nes turi tai padaryti, kol dar saulė nenusileido jūsų pasaulyje.

Mano tėvas pradėjo atsigauti, grįžo jėgos. Padėjau jam pakilti nuo žemės. Kai tėvas atsistojo, keistasis vyras buvo dingęs. Kol nuėjome prie mašinos, tėvas atrodė jau visiškai sveikas.

- Kaip jautiesi, tėveli?– paklausiau.

- Aš jaučiuosi gerai ir atrodo, kad stiprėju su kiekvienu žingsniu! Kur mes einame?

- Aš nuvešiu tave pas gydytoją, kad patikrintų tavo sveikatą.

Turėjau įsitikinti, kad tėčiui viskas gerai, prieš atiduodama akmenėlį. Kai atvykome į ligoninę, mano tėvas įstengė eiti pats, be jokios pagalbos. Po patikrinimų gydytojas Jangas pakvietė mus į savo kabinetą. Jis atrodę labai nustebęs, net šokiruotas.

-Atsitiko kažkas neįtikėtino. Mes nežinome, kaip tai paaiškinti, bet visi vėžio ženklai pranyko. Atrodo, lyg niekada jų ir nebuvo. Norėčiau, kad atvyktumėte kitą savaitę, tada mes atliksime daugiau tyrimų, kad išsiaiškintume, ar tikrai viskas gerai.

- Jūs esate stiprus vyras, pone Lukai! Mes niekada nesame matę, kad vėžys būtų taip įveiktas.

Grįžome prie mašinos.Tėvas tylėjo, aš taip pat. Abu buvome šokiruoti ir nežinojome, ką pasakyti. Negalėjau sulaikyti džiaugsmo ašarų– jaučiausi tokia laiminga!

Vos atsidūrėme namie, aš iš karto užlipau į savo kambarį. Žinojau, kad kažkur turiu juvelyrinį gintarą. Radusi nulipau žemyn. Tėvas tvarkė kambarį. Buvau tokia laiminga, matydama jį daug geriau besijaučiantį, besišypsantį.

- Aš myliu tave, tėveli.

- Aš taip pat tave myliu, mano širdele!

Grįžau į mišką ir įžengiau pro vartus. Vyriškis jau manęs laukė. Atidaviau jam gintaro vėrinį. Paėmęs jį atidžiau apžiūrėjo, norėdamas įsitikinti, jog tai iš tiesų gintaras. Paskui jis kažkokiu būdu ištraukė akmenėlį iš mano vėrinio ir įsidėjo jį į kišenę.Tada grąžino karolius be vieno gintaro ir pasakė, kad dabar turiu iš čia išeit. Prieš uždarydama vartus pažvelgiau, kur nepažįstamasis stovėjo. Pamačiau, kad vyras pavirto į žvėrį, kurį Princas buvo apibūdinęs – tai šis, nepažįstamasis, persekiojo Princą ir atėmė gyvybę jo vienintelei meilei. Uždariau vartus ir pradėjau drebėti. Žinojau, kad padariau kažką negero, baisaus. Aš jau sulaužiau dvi iš penkių taisyklių...

Grįžusi į mašiną, žvilgtelėjau į telefoną. Čia buvo keturi praleisti skambučiai iš Eli.   Paskambinau jam. Draugas jaudinosi dėl manęs, klausė, kodėl nebuvau mokykloje. Pasakiau, kad turėjau pagelbėti tėčiui. Jis pasiteiravo, kaip tėtis jaučiasi, ir aš pasakiau, kad dabar jam daug geriau. Aš nutariau paklausti: „Jeigu tavo mama arba tėtis mirtinai sirgtų ir vienintelis būdas jiems padėti būtų sandėris su velniu, ar tu tą darytum?" Keletą minučių Eli tylėjo, o paskui pasakė: „Aš sudaryčiau sandėrį su bet kuo, kad tik mano šeima ir mano mylimieji būtų saugūs!" Šie žodžiai mane ramino, padėjo pasijusti truputį geriau. Pasakiau, kad tikiuosi pamatyti jį rytoj mokykloje.

Kitą dieną mano tėtis jautėsi sveikas kaip niekada anksčiau. Jis netgi išėjo pabėgioti. Man buvo malonu matyti, kad jis vėl toks pat energingas.

Eli,važiuodamas į paskaitas, užsuko paimti manęs.Tai buvo maloni staigmena. Kartu pavalgėme priešpiečius. Po paskaitų paklausė, gal norėčiau, kad parvežtų mane namo prieš savo treniruotę. Pasakiau, kad dar turiu pasikalbėti su kai kuriais dėstytojais dėl vakar praleistų paskaitų, o po to parašysiu jam žinutę.

Nuėjau tiesiai į Radžio kabinetą. Jis jau ruošėsi išeiti.

- Aš sulaužiau taisykles... - prisipažinau.

- Apie ką tu kalbi? Ar tu turi kokių nemalonumų?

- Aš buvau nuėjusi į kitą pasaulį, kai saulė buvo juoda, ir ten kai ką palikau.

- Mes privalome ten nuvykti ir papasakoti Princui, kas atsitiko. Negalime to slėpti nuo jo ir jo šeimos.

Parašiau Eli, kad manęs namo parvešit nereikės.

Abu su Radžiu nuvykome prie urvo. Saulė buvo jau ne juoda, o raudona kaip ir pirmą kartą. Įžengėme į kukurūzų lauką ir iš žemės vėl iškilo miestas. Princas pakvietė mus vidun.

- Prince, ar galime pasikalbėti su tavimi vienu keletą minučių?

- Taip, be abejo.

Įėjome į jo namus. Papasakojau viską, kas atsitiko. Princas atrodė susirūpinęs ir nusivylęs manimi, kad sulaužiau taisykles. Ji paaiškino, koks svarbus yra gintaras:

- Tai vienintelis ingredientas, kurio savybės gali padėti pabusti Tamsos Valdovui. Po tėvo mirties aš esu vienintelis, kuris žino, kaip Tamsos Valdovą prikelti iš miego, bet ten yra magas, kuris sužinojo šią paslaptį.

Kaip apibūdinau, kas pagydė mano tėtį, jisai trumpam nutilo, o tada tarė:

- Tas žmogus, kuris pagydė tavo tėtį, vardu, Keitėjas. Jis gali pakeisti savo formą į ką tik nori. Keitėjas gal ir atrodė geras ir pagydė tavo tėtį, bet jis viską padarytų dėl Tamsos Valdovo. Aš esu vienintelis, turintis gintaro akmenėlį šiame pasaulyje. Štai dėl ko jis ir nori mane surasti.

Princas neatrodė labai supykęs. Jis sakė, jog privalo padaryti viską, kad apsaugotų tuos, kuriuos myli, nors jo paties gyvybė dėl to atsidurtų pavojuje. O mums patarė:

-Jums abiems bus saugiau ,jei išeisit iš šio pasaulio.

- Aš įvėliau mus visus į šiuos nemalonumus, todėl norėčiau pasilikti. Gal būčiau kuo nors naudinga?

 - Apie ką tu kalbi? Negaliu leisti tau pasilikti čia,- vėl ėmė jaudintis Radžis.

- Prince, tu sakei, kad Sapnų Mergelė pranašavo, jog mes galėtume jums padėti. Nepasakojau tau, kad galiu susapnuoti ateitį taip, kaip ir ji galėjo. Po savo motinos mirties aš vis sapnuodavau įvykius, kurie išsipildydavo. Aš negaliu kontroliuoti savo sapnų, bet jeigu pasistengčiau, gal tikrai galėčiau jums padėti?- aš kalbėjau apie būtinybę pasilikti čia.Kalbejau daug ir greitai, norėdama įtikinti Princą. Pasakiau, kad bus gaila praleistų paskaitų ir negalėsiu kurį laiką būti su tėvu. Pagaliau Princas pasakė, jog čia yra vyras, vardu Laikas, žinomas kaip laiko valdovas, todėl tikriausiai galėsiąs mums pagelbėti, tik mes turime prieš tai su juo pasikalbėti.

 - Prince, ką jūs čia veikiate?– paklausė netikėtai pasirodęs žmogus.

 - Norėčiau paprašyti tavo paslaugos,– kreipėsi į jį Princas.

- Tai padėtų tau, Laike, išbandyti savąsias galias.

- Tu žinai, Prince, kaip man patinka tokie kvietimai!,- tarė šis džiaugsmingai.

- Jūs manote, kad galite sustabdyti laiką aname pasaulyje?- paklausiau nustebusi.

- Laiko sustabdyti aš negaliu,- atsakė šis,- bet galiu padaryti, kad jis lėčiau tekėtų ten ir greičiau bėgtų čia. Galėčiau pasiekti, kad diena čia būtų tik kelios minutės ten.

Dar jis pridūrė, kad jis turėtų būti mūsų pasaulyje, jei norėtų reguliuoti laiką.

Princas leido šiam vyrui pasilikti mūsų pasaulyje, o aš atidariau vartus.

- Užtruk ne ilgiau kaip trisdešimt minučių, o tada grįžk atgal. Ir žiūrėk, kad niekas iš ano pasaulio neįeitų į mūsų.

Radžis nusprendė pasilikti su šiuo stebukladariu.

Mes uždarėme vartus. Nė vienas nejautėme, kad laiko tėkmė pasikeitė. Grįždami į miestą pastebėjome, kad žmonės kažkam ruošiasi.

- Ką jie daro?– paklausiau susidomėjusi.

- Šiandien yra Mėnulio Deivės šventė. Visi sėdi aplink laužą, o Nemirtingasis mums pasakoja apie Mėnulio Deivę.Tada vyksta rungtynės ir žaidimai vaikams, o suaugusieji linksminasi gurkšnodami alų ar vyną.

Kol kas Princas nenorėjo sakyti nieko apie tai, ką aš padariau ir kad mums visiems gresia didžiulis pavojus. Jis norėjo, kad kiekvienas praleistų nuostabią naktį ramiai, kaip ir visada, kai vykdavo ši šventė.

Mes visi susėdome aplink didelį laužą. Princas truputį susilpninto saulės šviesą, kad ji nebūtų tokia ryški. Nemirtingasis įėjo į rato vidurį ir pradėjo pasakoti:

- Maždaug prieš tūkstantį metų, kai aš buvau dar jaunas berniukas, ten gyveno mergaitė. Ji buvo pati gražiausia iš visų gyvųjų, kurias man teko matyti. Ją vadino Šviesiąja. Tai buvo neeilinė mergina. Ji miegodavo dienomis, o atsikeldavo saulei nusileidus. Vieną naktį aš atsibudau ir išgirdau ją dainuojant. Išlipau per savo kambario langą ir priėjau arčiau. Ji dainavo taip nuostabiai, kad galėjo priversti angelus nutilti ir klausytis jos. Tai buvo daina apie mėnulį.

Žengiau tiesiai prie jos ir paprašiau pašokti su manimi. Iš pradžių ji nutilo, bet netrukus tarė:

- Taip, jaunuoli.

Mėnulio apšviesti mes šokome visą naktį. Po to nuėjome prie ežero. Mes kalbėjomės ir kalbėjomės, kol abu nutilome supratę, kad šią naktį pamilome vienas kitą. Po atviru dangumi mūsų lūpos susiliejo, o mėnulis tą akimirką iš gelsvo virto šviesiai violetiniu.

„Tai aš padariau, tai aš padariau!"- sušuko ji džiaugsmingai. - Aš paverčiau mėnulį violetiniu, koks jis niekados nebuvo!".

Aš nusišypsojau ir mes pasukome atgal, į miestą. Palydėjau ją namo ir atsisveikindamas pabučiavau. Kartu mes buvome dar keletą metų ,ir kai man sukako dvidešimt tretieji, o jai dvidešimt penkeri, mes susituokėme po šviesiu dangumi.

Nors mes jau seniai vienas kitą stipriai mylėjome, bet apie tai niekas nežinojo. Po metų susilaukėme kūdikio, tačiau atsitiko kažkas baisaus ir mes jo netekome. Mylimoji labai nukraujavo, o prieš mirtį pasakė šiuos žodžius:" Dėl tavęs aš būsiu čia, danguje. Aš paversiu mėnulį violetiniu, kad įrodyčiau, jog saugau tave ir tavo meilę. Aš mylėsiu tave visada, amžinai."Ji palietė mano veidą ir išėjo iš šio pasaulio. Pakėliau mirusiąją ant rankų ir pažvelgiau į mėnulį, kuris pradėjo virsti violetiniu. Po Šviesiosios mirties mes supratome, kad ji buvo ne žmogus, o Mėnulio Deivė ir kad ji ne visiškai mirė: naktį ji grįžo ir dabar gyvena mėnulyje. Dėl to mėnulis šiame pasaulyje niekada nebūna gelsvas. Ši naktis – jos mirties metinės ir mėnulis šviečia daug ryškiau nei bet kurią kitą naktį.

Kai Nemintingasis baigė pasakoti mums šią liūdną istoriją, Princas žengė arčiau laužo ir tarė:

- Mes pasiruošę žaisti tradicinius žaidimus.Taisyklės dar tos pačios, bet kai kas iš jūsų jų nepaisė, todėl pakartosiu. Čia yra rutulys. Jūs galite naudotis savo sugebėjimais permesti rutulį iš vienos aikštės pusės į kitą.Tačiau pasinaudoti savo galiomis jums leidžiama tik vieną kartą. Neturite teisės vienas kito sužeisti ar sukelti kokį nors pavojų .Kiekvienas būrio narys turi padėti kitam. Šiose rungtynėse nėra nugalėtojų, čia laimi visas būrys.

Tai skambėjo įdomiai. Norėjau pamatyti, kaip jie naudosis savo galiomis. Ten buvo dvi komandos po šešis narius: viena mergaičių, kita – berniukų.

Žaidimas prasidėjo su milžinišku rutuliu aikštės vidury. Rutulys buvo pagamintas iš metalo ir galėjo sverti keletą šimtų kilogramų. Visi žaidėjai valandėlę stovėjo. Atrodė, kad nė vienas nedrįsta žengti pirmo žingsnio. Bet štai vienas iš berniukų nubėgo prie rutulio, pakėlė jį ir ėmė bėgti. „ -Tai mano sūnus! - šūktelėjo kažkas iš minios. - Bėk, Stipruoli,bėk "... Staiga rutulys dingo iš jo rankų ir vėl atsidūrė rato viduryje. Princas man paaiškino, kas čia atsitiko:

- Ar tu matai tamsiaplaukę mergaitę, susikišusią rankas į kišenes? Tai Vizija, Iliuzionisto dukra. Ji padarė taip, jog kiekvienas galvoja, kad berniukas pakėlė kamuolį, o iš tiesų, jis jo net nepalietė.

Vienas iš berniukų, vardu Keitimas, nuėjo prie rutulio, sumažino jį iki mažo rutuliuko ir pakėlęs žengė žingsnį. Tada apsisuko aplink ir pradėjo bėgti tiesiai prie savo būrio.

- O štai Minčių Valdovė. Ji gali manipuliuoti kiekvieno mintimis,- aiškino Princas.

Keitimas dar nepasiekė savo būrio, o Elementas palietė žemę ir ji pavirto vandeniu.

Keitimas įkrito į vandenį, o rutulys nugrimzdo į dugną. Po sekundės rutulys jau skriejo virš vandens.

- Čia turbūt Judrioji.- tarė Princas,- Ji sugeba mintimis judinti daiktus.

Rutulys, į kažką atsitrenkęs, nukrito ant žemės.

-Tas didelis berniukas, vardu Skydas, gali iš nieko padaryti nematomą sieną.

Kairėje pusėje buvo trys mergaitės: Dublerė, Šokėja ir Slėpėja – ir du berniukai – Greitis ir Trauka. Mergaitės dirbo kartu, berniukai taip pat. Mergaitės nusprendė, kad Dublerė padaugins rutulių skaičių ir tik jos vienos žinos, kuris iš jų yra tikrasis, tada Slėpėja pavers save ir Šokėją nematomomis, jos nušoks prie rutulio ir su juo atsidurs kitoje aikštelės pusėje.

Berniukai taip pat mąstė apie svarbų planą. Rutulys jiems buvo per sunkus panešti, todėl jie norėjo nuslopinti Žemės trauką, o tada Greitis, pagriebęs rutulį, perneš jį į kitą pusę. Nė vienas nepastebėjo, kas atsitiko. Akies mirksniu mergaitės turėjo kamuolį vienoje pusėje,o berniukai – kitoje. Tada Dublerė atskleidė savo galią: sviedinys, kurį turėjo berniukai, išnyko. Trys mergaitės iškovojo pergalę savo būriui. Buvau nustebusi, kad berniukai neprieštaravo ir neįsižeidė. Mūsų pasaulyje niekada taip nebūtų. Visi žaidėjai gavo nedidelius prizus už dalyvavimą. Buvo jau vėlu, todėl jauniausi vaikai ėjo miegoti. Princas sukvietė visus suaugusiuosius bei paauglius ir jiems papasakojo, kas atsitiko šįryt. Prašė nesijaudinti ir nesirūpinti, nes jeigu mes būsime vieningi, niekas mūsų neįveiks.

- Jeigu mes pasitikėsime vienas kitu, niekada nebus stipresnių už mus!

Taičau niekas nežinojo, kaip ilgai teks laukti to, kas gali atsitikti. Princas atrodė pavargęs, todėl įkalbėjau jį eiti pailsėti. Jis pasiūlė man savo lovą, o pats sakė miegosiąs svetainėje, kol aš čia viešėsiu. Sakė, kad esu svečias ir užsitarnavau jaustis patogiai. Negalėjau suprasti, kodėl jis buvo toks malonus man, dėl kurios kaltės jam ir jo draugams teks gyventi pavojuje.

VI Skyrius
UŽDRAUSTOJI PILIS

Negalėjau ramiai miegoti. Išgyvenau dėl nemalonumų, kuriuos galbūt sukėliau tiems nuostabiems žmonėms. Kas bus, jeigu sapnas, kuriame regėjau pasaulio pabaigą, taps tikrove dėl manęs?... Nuėjau į svetainę pažiūrėti, ar Princas pabudęs. Jis sėdėjo fotelyje ir kažką mąstė.

- Nemiegi? – paklausiau.

- Ne.

- Aš taip pat,- tariau atsisėdusi šalia.– Labai labai atsiprašau dėl to, ką padariau.

- Nieko tokio. Juk tu nežinojai.

- Kas gali atsitikti?– pasiteiravau susirūpinusi.

Neįsivaizdavau, kad kas nors sugebėtų nugalėti žmones, turinčius tokių galių kaip jie.

Ar Tamsos Valdovas turi ginklų, kuriais galėtų sutriuškinti visus šiuos žmones?

- Jie ruošiasi suburti visus savo stipriausius vyrus bei

moteris ir stengsis sumedžioti mus vieną po kito ir paversti tokiais kaip jie. Tada, kai turės pakankamai jėgos, jie mus suburs ir lieps pasirinkti: arba mirti, arba būti su jais. Jei mes nestosime į kovą ir būsime nugalėti, Tamsos Valdovas pasiruošęs atsidaryti vartus ir įžengti į jūsų pasaulį.

- Kiek žmonių jie turi?

- Manau, ten yra tik šeši, kurie moka išlaisvinti visas savo galias, bet, ko gero, gali būti ir daugiau turinčių neįprastų galių, kad įstengtų mus sunaikinti.

- Ten yra tik šeši, tai kaip jie galėtų nugalėti mus visus?- iš tiesų negalėjau suprasti, kaip keletas jų gali laimėti prieš daugumą mūsų.

- Jų jėgos yra gerokai stipresnės nei daugelio mūsų ir jie pasinaudos bet kokiomis priemonėmis, kad įgytų jų dar daugiau.

- Kokių galių jie turi?- pasidomėjau.

- Ten yra vaikinas, vardu Žala, kuris gali negyvai sutraiškyti bet ką, sugriauti kalnus vienu smūgiu. Yra Mirtis, kuri dulkėmis paverčia viską, ką paliečia. Galingoji Ugnis gali paversti liepsna miestą ir viską taip įkaitinti, kad niekas iš mūsų negalėtų užgesinti. Tu jau matei Keitėją. Jis gali pasiversti kuo tik norės. Bučinys– jos ginklas yra jos grožis. Ji vienu savo žvilgsniu pavergs visą armiją, vienas jos pabučiavimas – ir tu jos galioje amžinai.

- O ką gali pasakyti apie Tamsos Valdovą?

- Niekas nežino, kokias jėgas jis valdo. Manoma, kad jis turi keletą sugebėjimų ir gali juos dar padauginti.

- Aš maniau, kad tik dievas, toks kaip tu, gali turėti tiek daug sugebėjimų.

- Nenirtingasis pasakojo mums, kad jeigu jūs nužudote dievą, įgyjate galimybių padidinti savo jėgas, išsiugdyti daugiau gabumų ir net tapti nenugalimais.

Aš sėdėjau čia ir negalėjau įsivaizduoti, kas atsitiktų, jei Tamsos Valdovas ir jo armija suniokotų šią vietą ir įžengtų į mūsų pasaulį, kuriame nėra nieko, kas galėtų jį sustbdyti.

- Eikš, aš noriu tau parodyti kai ką, kad nukreiptų tavo mintis kita linkme,- pasakė Princas atsistodamas ir tiesdamas man ranką.

Mes išėjome iš miesto ir priėjome stačią kalvą.

- Laikykis už manęs,- įsakmiai tarė Princas.

Jis pakėlė mus nuo žemės ir po keleto sekundžių buvome kalvos viršūnėje. Tada nuleido mane ant žemės. Nežinojau, kad jis gali skristi. Princas užlipo ant skardžio ir atsisėdo. Jo kojos kabojo nuo uolos. Atsisėdau šalia ir pažiūrėjau žemyn. Vaizdas atrodė pažįstamas, nes jis buvo iš vieno mano sapno, kuriame aš mačiau miestą - sugriautą, skendintį liepsnose. Norėjau jam tai pasakyti, bet bijojau sukelti dar daugiau rūpesčių. Aš suvaldžiau savo mintis, stengiausi negalvoti, save įtikinti, kad tai nėra mano minčių realizacija, bet greitai suvokiau, kad šis vaizdas tikrai toks pat, kaip ir mano sapne.

- Čia yra tai, ką norėjau tau parodyti.

Jis pakėlė rankas aukštyn ir saulė iš lėto patekėjo už horizonto. Violetinio mėnulio šviesa išblėso, nes švelni rausvuma apglėbė laukus.

- Palauk,- tariau.

Saulė nustojo kilusi prieš apšviesdama miestą.

- Ar tu gali palikti taip keletą minučių?

- Kodėl?

Atrodo, Princas nesuprato, kaip nuostabiai gražu. Jis tai darė tiek daug kartų, kad priprato prie tokio tobulo grožio.

- Pažvelk,- vėl tariau,- pažiūrėk, kaip nuostabu!Trūksta žodžių tekančios saulės grožiui apibūdinti.

Princas minutę sėdėjo ir įdėmiai žiūrėjo į visa tai. Paskui nusišypsojo taip kaip niekada. Jo šypsena buvo labai maloni, kerinti.

- Aš prisimenu, kaip pirmą kartą pakilau čia su Ateitimi. Ji sakė, kad mane myli, bet mes ne amžinai būsime kartu. Paklausiau, kodėl gi ne, ir ji atsakė, kad ji nemato savęs čia ateityje. Kalbėjau jai, jog bet ką padaryčiau, kad galėčiau išsaugoti mūsų meilę. Dabar aš supratau, ką ji galvojo, kai sakė: tu gali keisti likimą milijoną kartų, bet visada liks vienas dalykas, kurio pakeisti neįmanoma.

Princas iš lėto leido saulei kilti tiesiai virš miesto. Sakiau jam, kaip nuostabu turėti ypatingų galių ir kad aš norėčiau turėti nors kokių.

- Kiekvienas turi gabumų.Tu savąsias, privalai atrasti.

Mes nusileidome žemyn, į miestą. Buvo įdomu sužinoti, ką veikia Radžis ir Laikas.

Stebėjausi, kad čia praėjo diena, kai iš tiesų tai truko tik keletą minučių. Mes su Princu pasivaikščiojom po kapines, kur prieš keletą dienų jis palaidojo savo gyvenimo meilę. Šios kapines buvo nepanašios į tas, kurias teko matyti. Prie kiekvieno kapo buvo statula, o ant jos užrašas. Iš to, kas parašyta, galėjai sužinoti mirusiojo vardą, amžių ir svarbiausius darbus, kuriuos jis atliko. Man kilo tiek klausimų! Norėjau žinoti, apie visus, bet pastebėjau, kad Princas trokšta tylos. Jis atsiklaupė šalia Ateities statulos ir pradėjo kalbėtis su mirusiąja:

- Kodėl tu mane saugojai? Aš negaliu visų apginti be tavo pagalbos. Dar maži vaikai mes buvome tokia gera komanda... Pasaulis be tavęs atrodo toks tamsus. Aš noriu, kad nebūtum pamačiusi mūsų ateities, bet būtum dar gyva. Ar žinai, kaip skaudu matyti tave sužeistą ant žemės ir neturėti jokių galimybių padėti? Aš norėjau už tave atkeršyti, bet kažkas iš vidaus mane sulaikė ir nuo to momento aš žinau: tu neišėjai, tu likai mano širdyje. Kaip būtų gera, jei tu būtum šalia. Labai tave myliu ir jaučiuosi kaltas, kad neišsaugojau tavęs. Tikiu, kad esi saugi su mano tėvu ir motina ir visais mūsų draugais, kurie išleliavo Anapilin.

Princo akyse žibėjo ašaros, aš taip pat verkiau, bet žinojau, kad turiu būti stipi dėl jo, jog esu čia dėl jo. Ištiesiau rankas ir stipriai jį apkabinau,

- Žinau, kaip tu jautiesi,- pradėjau jį raminti.– Aš taip pat esu praradusi artimuosius. Atrodo, lyg kažkas išplėštų tavo širdį ir sudraskytų ją į tūkstančius gabalėlių. Blogiausias dalykas, ką tu dabar gali daryti, tai kaltinti save už tai, kas atsitiko. Kiekvienas supranta, jog ji pati nusprendė paaukoti savo gyvybę, kad išglebtų tavąją. Mes visi žinome, kad tu tą patį padarytum dėl jos.

Princas atsisėdo ant suolelio. Nusprendžiau papasakoti jam apie Angelą. Apie savo draugą nieko negirdėjau ir todėl maniau, kad, galimas daiktas, jis mirė, tik nežinia kur ir kaip. Aš esu vienintelė, kuri dar negali tuo patikėti, kadangi nenorėjau leisti jam išeiti...

- Čia yra žmogus, su kuriuo turėtum susipažinti,- tarė Princas.

Mes įėjome į seną namą. Princas pabeldė į duris ir jas atidarė nejaunas vyriškis.

- Sveiki,- pasakė jis.

- Blyksni, aš norėčiau tave supažindinti su Lana. Ji labai trokšta tavęs kai ko paklausti.

Nesusigaudžiau, apie ką Princas kalba.

- Ką tu nori pamatyti? – paklausė vyras.

Princas paaiškino :

- Blyksnis gali matyti žmones. Jis gali pasakyti, kur jie yra, gyvi jie ar mirę.

- Angelas,- su nekantrumu, bet nedrąsiai ištariau aš. Iš tiesų bijojau sužinoti, ar jis vis dar gyvas, ar jau miręs.

- Ar turi kokį nors jo daiktą?– susidomėjo vyras.

- Taip.

Aš nusisegiau apyrankę, kurią Angelas man padovanojo prieš pradingdamas.

- Štai, imkite.

- Prašau užeiti vidun.

Abu su Princu užėjome. Blyksnis atrodė kaip klajoklis. Jo namas buvo pilnas daiktų. Sunku buvo rasti vietą, kur galėtum koją įkelti. Prasibrovėme į kambario vidų.Ten buvo apvalus stalas, prie kurio atsisėdome. Medinio stalo vidurys buvo įdubęs ir savo forma priminė vazą. Blyksnis įdėjo ten apyrankę ir ištraukęs ąsotį vandens iš po stalo, jį užpylė ant apyrankės. Tai darydamas jis murmėjo žodžius, kurių aš nesupratau. Tada jis palietė vandenį ir tarė :

- Žiūrėk ir pamatysi.

Iš lėto palinkau ir pažvelgiau žemyn, į vandenį. Pamačiau Angelą, sėdintį ant grindų. Jį supo sienos ir atrodė, kad jis spąstuose kažkokioje mažoje erdvėje, bet aš širdyje nudžiugau, kad jis gyvas.

- Kur jis?– paklausiau, bet niekas iš jų neatsakė.– Prašau, pasakykite man.

Blyksnis pažiūrėjo į Princą. Atrodė, kad jis suprato, kur Angelas yra, bet nenori man sakyti dėl kažkokių priežasčių. Princas linktelėjo galva ir Blyksnis tarė:

- Jis pakliuvo į pinkles. Jūsų draugas atrado kelią į šį pasaulį, kaip ir tu, bet neranda kelio atgal. Vartai, kuriais jis pasinaudojo, yra kitoje miško pusėje.

- Ar jam gresia pavojus?- nerimavau.

- Jis dar ne pavojuje. Jie turi tikslą juo pasinaudoti.

- Kodėl jis jiems reikalingas? Mes privalome jam padėti!– sušukau ašarodama.

- Mes negalime. Mums nesuteikta galių įeiti į uždraustą mišką.

Princas palydėjo iki savo namų. Buvau be galo nuliūdusi. Jis stengėsi mane nuraminti, bet nė vienas iš mudviejų negalėjome žinoti, ką jis turėtų pasakyti, kad jausčiausi geriau. Princas mane suprato. Man buvo įdomu, ką jis darytų, jeigu sužinotų, kad Ateitis dar gyva kitoje miško pusėje.

Norėjau pabūti viena, todėl nuėjau prie ežero ir atsisėdau ant suolelio. Užsidengiau veidą rankomis ir pradėjau raudoti. Tikrai nežinojau, kaip jį gelbėti. Ką darytų Angelas, jeigu jis būtų čia, o aš būčiau jo vietoje? Ar jis imtųsi kokių nors neįmanomų dalykų, kad mane apgintų? Ar rizikuotų savo gyvybe dėl mylimo žmogaus? Tūkstančiai minčių sukosi mano galvoje, bet nesuvokiau,ką privalau daryti.

Kažkieno ranka švelniai palietė mano pečius. Nusišluosčiau ašaras ir atsigręžau.

Tai buvo mergaitė iš praėjusios nakties žaidimų.

- Viskas bus gerai,– pasakė ji.

- Tu esi mergaitė, kuri gali tapti nematoma?– atsakiau klausimu.

- Taip, jie mane vadina Slėpėja, bet man geriau patiktų būti vadinamai Paslaptimi.

Mergaitė atrodė labai miela. Papasakojau apie savo pasaulį, kuris jai pasirodė svetimas, sudėtingas. Paslaptis sakė, kad ji negali įsivaizduoti, kaip ten sunku gyventi žmogui, neturinčiam ypatingų galių. Pasidomėjo, kodėl aš tokia liūdna, ir aš papasakojau apie Angelą ir kad nežinau, ką man daryti. Pasakiau, kad noriu tik pamatyti, sužinoti ar jam viskas gerai...

Kurį laiką sėdėjome tylėdamos. Paslapčia stebėjau mergaitę: jos plaukai buvo šviesiai rudi, o jai pačiai galėjo būti šešiolika ar septyniolika metų.

- Aš galiu padėti tau patekti pas jį,- tyliai pasiūlė.

- Ką tu kalbi?Nė vienas neturi galių įžengti į tą mišką.

- Niekas neturi žinoti, kad mes ten buvome. Aš paversiu mus nematomomis, bet tu jokiu būdu negali atsitraukti nuo manęs, ką mes bepamatytume ar kas beatsitiktų, nes kitaip tu tapsi matoma.

Paslaptis tikrai buvo labai maloni mergaitė. Aš labai troškau pamatyti, ar Angelui gerai, bet nenorėjau rizikuoti jos saugumu. Žinojau, kad Angelas bet kokiu atveju manęs ieškotų, todėl ir aš turiu padaryti tą patį.

- Imk mano ranką,- tylomis tarė.

Kai aš tą padariau, per keletą akimirkų jos ranka ištirpo mano delne.

- O, atleisk, užmiršau pasakyti, kad giliai kvėpuotum. Dar keletas sekundžių ir viskas buvo normalu. Aš vėl mačiau save ir Slėpėją.

- Ar mes nematomos?– labai norėjau įsitikinti.

- Taip, mes galime matyti viena kitą, bet mūsų niekas nemato.

Buvo aišku, kad ji žinojo, kur einame. Valandėlę mes bėgome, o po to pradėjome žingsniuoti. Neiškentusi paklausiau:

- Ar tu esi čia buvusi anksčiau?

- Taip, esu vaikščiojusi po šį mišką keletą kartų.

- Ar nebijojai, kad tave kas nors sučiups?

- Ne, niekas manęs čia nepastebėjo ir aš niekada nieko miške nemačiau.Girdėjau istoriją apie pilį ir norėjau pati ją pamatyti. Niekada nebuvau viduje, į viską žiūrėjau iš tolo. Pilis yra tokia, kaip žmonės ją apibūdina.

Mes perėjome mišką ir nusileidome nuo kalvos. Saulė šioje miško pusėje neryški, buvo gana tamsu. Kaip ir tada, kai į šį pasaulį atvežiau savo tėvą.

Nusileidusios į kalvos apačią, pamatėme kelią, kuris bėgo aplink kalną. Mes ėjome daugiau nei 45 minutes. Kai atsidūrėme kitoje kalno pusėje, išvydome ežerą, kurio viduryje stūksojo pilis.Ten buvo tik vienas tiltas, kuris ėjo per vandenį ir vedė į tvirtovę. Atrodė, kad rūmus iš visų pusių supa ne tik vanduo, bet ir kalnai.

Tai buvo įspūdingiausia pilis, kokią man teko matyti: visa baltutėlaitė, stogas juodas, o milžiniški vartai buvo nulieti iš aukso. Vaizdas užgniaužė kvapą.

- Ar galime įeiti į vidų?- paklausiau.

- Viduje niekados neteko būti. Nežinau, ką mes rasime kitoje vartų pusėje,- atsakė **Paslaptis**.

- Prašau, mes turime pabandyti įeiti, jeigu jis ten yra.

- Mes privalome atsargiai praeiti pro sargybinius. Jie neįstengs mūsų pamatyti, bet gali išgirsti.

- Tu galėtum šito nedaryti, - sušnibždėjau.

- Tada tu niekada nesužinosi, ar jam gerai, o aš – kas yra kitoje vartų pusėje.

Ji žengė žingsnį ant tilto, o aš – paskui ją. Mes ėjome iš lėto, atsargiai. Tiltas buvo medinis ir galėjo bet kada sugirgždėti. Jo viduryje sėdėjo du sargybiniai ir kalbėjosi kažkokia kalba, kurios aš nebuvau girdėjusi. Mes sulaikėme kvėpavimą ir lėtai praėjome pro juos. Atsidūrėme prie didelių vartų. Jų viduryje pastebėjome nedideles praviras duris.Paslaptis įžengė pirmoji. Ji stipriai spaudė mano ranką, lyg būtų pamačiusi kažką gąsdinančio. Kai įžengiau į vidų, supratau, ką **Paslaptis** pamatė. Tai buvo milžiniškas kambarys veidrodinėmis sienomis. Negalėjau matyti jo galo, atrodė, kad kambario vidurį dengė rūkas. Lubos buvo daugiau nei šimto metrų aukščio. Šviesa krito žemyn, bet ne nuo lubų: atrodė, lyg ji plaukiotų ore. Kai perėjome kambarį skersai, įžengėme į rūką. Greitai pamatėme laiptus, vedančius aukštyn. Buvo panašu, kad jie baigiasi pusiaukelėje iki viršūnės. Mes kryptingai ėjome iki kambario pabaigos ir pamatėme trejas duris, kurios visos buvo užrakintos, bet jokio užrakto ar rankenos nesimatė. Grįžome atgal prie laiptų ir nutarėme kopti aukštyn ir pažiūrėti, kas ten yra. Kai užlipome laiptais iki viršaus, čia pamatėme paslaptingą aukštą, kurio mes negalėjome pastebėti būdamos apačioje. Ten švietė baltutėlis koridorius. Mes nuėjome iki galo ir ten pamatėme tokią pat akliną sieną kaip ir prie urvo. Kai apsisukome grįžti atgal, išgirdome kažką einant. Vyras žengė iki pat koridoriaus galo kiaurai per baltą sieną. Prigludome prie sienos, kad išvengtume susidūrimo su juo. Šio vyro akys buvo aukso spalvos, mūvėjo juodas kelnes, o jo pliką galvą dengė raudonas kapišonas. Mes taip pat perėjome sieną ir kitame kambaryje pamatėme kalinių kameras. Visos buvo tuščios, išskyrus vieną. Aš pažvelgiau pro mažutį langelį ir duryse ir pamačiau jį...

Angelas sėdėjo ant grindų, apglėbęs rankomis kelius. Jis pažiūrėjo į langelį, lyg būtų pamatęs mane. Aš nusišypsojau ir pamojavau, bet jis ir vėl žvelgė žemyn, į grindis.

- **Paslaptie**,- sušnibždėjau,- eik atgal prie sienos ir pasakyk man, jeigu kas nors eitų.

Supratau, kad ji, kaip ir aš, nesijaučia saugi. Ji iš lėto paleido mano ranką ir aš vėl tapau matoma. Mergaitė nubėgo prie paslaptingosios sienos ir pažiūrėjo pro ją.

- Angele, tai aš, Lana.

Jis pažvelgė aukštyn, bet ne iš karto patikėjo, kad tai aš.

- Lana, kaip tu mane radai?

- Aš taip džiaugiuosi, kad tu gyvas! Esu pasiruošusi išlaisvinti tave iš čia.

- Ne, tu privalai eiti, nes jie už keleto sekundžių grįš,- Angelas atrodė labai įbaugintas.

- Kažkas ateina,- Paslaptis jau bėgo link manęs,- Išeikime, mes dabar privalome eiti!

Aš kurį laiką žiūrėjau į Angelą.

- Aš myliu tave. Esu pasiruošusi rasti būdų tave išgelbėti. Prižadu!

Paslaptis nutvėrė mane už rankos ir aš giliai įkvėpiau. Grįžome nematomos. Kai vyras ėjo atgal, mes išbėgome iš salės, nusileidome laiptais ir dingome iš pilies. Tyliai praėjome pro sargybinius, kurie dabar ant tilto žaidė kortomis. Perėjome aukštumą ir skersai mišką. Kai grįžome į miestą, jau buvo vėlu.

- Dėkoju už tai, kad dėl manęs rizikavai savo gyvybe, - tariau.

- Aš žinau, kad tu tą patį padarytum dėl manęs, mano drauge. Esu laiminga, kad įstengiau tau padėti. Mes turime išlaikyti šią paslaptį tarp mudviejų. Niekas neturi žinoti, kur mes šiandien buvome,- įspėjo mane.

Dar kartą padėkojau šiai mielai mergaitei ir ji pasuko namų link.

Buvau be galo laiminga, kad pamačiau savo draugą gyvą. Aišku, dar neįstengiau sugalvoti, kaip jam padėti ištrūkti.

Nuėjau į Princo namus. Kai įžengiau vidun, jis pašoko nuo kėdės ir žengė link manęs.

- Ar viskas gerai? Buvai kažkur dingusi gana ilgą laiką. Aš pradėjau jaudintis, bet nė vienas nežinojo, kur tu išėjai.

- Aš dabar jaučiuosi daug geriau. Atsiprašau, kad sukėliau tau rūpesčių.

Saulė buvo jau nusileidusi. Svajojau tik apie poilsį, nes jaučiausi labai pavargusi nuo kelionės ir miego trūkumo per keletą paskutinių naktų. Nejaučiau alkio, todėl po trumpo pokalbio su Princu apie rytojaus planus užlipau laiptais į miegamąjį ir kritau į lovą.

VII Skyrius
PASLAPČIŲ APSUPTA

Sapnavau. Tai buvo kažkoks vyras su lazda. Jis ėjo link miesto, nes, matyt, žinojo, kad miestas ten. Vyras kažką padarė ir miestas pats atsiskleidė. Mudu su Princu išvydome seną žmogų, kuris sakė, kad yra paklydęs prieš šimtmečius, bet dabar vėl namuose.

- Lana, atsibusk!

Atmerkiau akis. Prie mano lovos stovėjo **Paslaptis**.

- Eime. Nė vienas negali rasti Princo...

Buvo tamsu, saulė dar nepatekėjusi.

- Gal jis išėjo prikelti saulės?

- Jo ten nėra, mes patikrinome, o saulė turėjo pakilti prieš valandą.

Aš pašokau iš lovos, pastvėriau drabužius ir abi su **Paslaptimi** išėjome laukan.

Ten buvo daug žmonių. Visi jie susijaudinę kalbėjo apie Princą, kuris buvo ne tik jų vadas, bet ir kiekvieno draugas. Man kilo mintis, kaip galėtume jį surasti.

- Eikš su manim,- kreipiausi į Paslaptį.– Atrodo, žinau, kaip jį surasti.

Abi nuėjome į Blyksnio namus. Pabeldžiau, bet niekas neatsakė. Durys buvo neužrakintos, todėl įėjome vidun. Atrodė, kad namuose nieko nėra. Apėjome visas patalpas ir užsukome į virtuvę. Išgirdome, kaip durys užsidarė ir nemalonus balsas paklausė:

- Kas čia?

Vyras mus išgąsdino. Paslaptis paėmė mano ranką ir pavertė mus nematomomis.

- Aš žinau, kad kažkas čia yra.– paaiškino ji.

Tyliai išėjome iš namo ir grįžome alėja į miesto vidų.

- Kodėl tu išvedei mus iš ten?- nustebusi paklausiau.

- Prieš metus šis vyras buvo vienas iš jų. Jis atėjo iš draudžiamo miško. Aš buvau vienintelė, kuri matė, kaip jis išėjo iš ten. Atvykęs į kaimą, jis visiems pasakojo nežinąs, iš kur ir kas jis esąs. Aš pasakiau Princui, kad mačiau jį ateinant iš miško, bet Princas patikėjo vyro žodžiais. Man buvo tik aštuoneri, tad kodėl Princas turėjo patikėti manimi. Nuo tada, kai jis čia atėjo, aš jaučiu, kad tarp mūsų yra šnipas. Jis palieka šį namą tik naktimis, o atgal grįžta anksti rytą. Niekas nežino, kur jis eina.

Vieną dieną stengiausi šį vyrą pasekti, bet jis kažkaip suprato esąs stebimas.

- Tu manai, kad jis žino, kur yra Princas?- paklausiau.

- Jis gali bet kur surasti kiekvieną, tačiau nenorės to daryti dėl mūsų.

Priėję Princo namus, atsisėdome ant žemės. Staiga ryškus šviesos spindulys apšvietė tamsų miestą. Pažvelgiau aukštyn – virš kalvos kilo saulė. Vaizdas buvo stulbinantis.

- Tikriausiai Princas grįžo,- apsidžiaugiau.

- Manau, jam viskas gerai.

Užėjau į Princo namus. Jis jau buvo čia. Paklausiau, ką jis darė. Princas atrodė labai susijaudinęs ir nieko neatsakė. Aš supratau, kad jam reikia ramybės, todėl paklausiau, ar man išeiti, bet jis atsakė, kad nori eiti su manim. Mes iškeliavome iš miesto. Priėjome kalvą ir ėmėme žingsniuoti aplink ją. Kitoje jos pusėje pastebėjau įspūdingą krioklį. Atrodė, lyg vanduo lėtai bėgtų žemyn laiptais nuo žvaigždžių. Medžiai ir augalai stebino nematytu spalvingumu. Ši vieta buvo neįtikėtinai įspūdinga. Princas atsisėdo prie vandens ir panardino kojas.

- Tai paslaptinga vieta. Šis vanduo gali užgydyti žaizdas ir ne tik išorines, bet ir vidines. Priklauso nuo to, kiek ilgai jūs galite būti susikaupęs ir kiek tyra jūsų širdis, vanduo leis jums pailsėti.

- Aš padariau tau daug nemalonumų.

- Tai ne tavo kaltė, kad atradai šią vietą. Yra taip, kaip lemta.

Kaip ir Eli, Princas visada žinojo, ką pasakyti.

Aš taip pat nusiaviau batus bei kojinaites ir įmerkiau pėdas. Vandens temperatūra buvo pati tinkamiausia : nei per šilta, nei per šalta. Užmerkiau akis. Iš lėto gaivinantis pojūtis užvaldė mano kūną. Atsimerkusi pasijutau fiziškai stipresnė nei kada nors. Papasakojau Princui apie šios nakties sapną. Jis pakilo, padėjo man atsistoti ir pasukome link miesto. Kaip ir sapne, pamatėme vyrą, einantį link miesto. Jis atvėrė miestą ir įžengė į jį. Abu su Princu pradėjome bėgti paskui vyrą. Pamatėme minią žmonių, apsupusių ateivį. Jie padarė vietos Princui. Jis iš lėto priėjo prie vyro ir pasakė:

- Sveiki, aš esu Princas, o čia – mano šeima.

- Aš žinau, kas tu esi,- atsakė šis.– Mano vardas - Gyvenimas.

- Ką jūs čia veikiate? Kaip sužinojote apie šią vietą?

- Aš keliauju jau daug metų. Perėjau skersai ir išilgai mūsų pasaulį ir gyvenau tarp daugybės genčių. Mačiau ir išmokau daugybę dalykų, kuriuos ne kiekvienas gali įsivaizduoti. Aš pažinau tavo tėvą, kai jis buvo dar mažas vaikas. Mes buvome geri draugai. Bet kai jis pradėjo valdyti karalystę, neturėjo laiko net artimiausiems. Keletas mano bičiulių ir aš pats palikome miestą prieš daugybę metų, kad galėtume stebėti, kas supa mūsų pasaulį. Kai išgirdau, kad tavo tėvas nužudytas, aš veržiausi sugriauti uždraustąją pilį, bet mes buvome per silpni, o jų jėgos milžiniškos. Vienas iš magų įviliojo mus į spąstus nedideliame kaime už tūkstančių kilometrų. Nežinojome, nei kur esame, nei kurlink pasukti. Mes ėjome ir ėjome tūkstančius kilometrų. Kai kurie iš mūsų viską metė ir įsikūrė mažuose kaimeliuose, kiti mirė dėl senatvės.

Aš esu vienintelis, atradęs savo kelią atgal ir jus visus. Aš nežinojau, ar ši vieta turėtų būti čia, ar Tamsusis Valdovas ją sunaikino.

Buvo sunku patikėti tuo žmogumi, bet vidinis balsas sakė, kad jis nemeluoja.

- Eik ten, kai kas nori su tavim susitikti,- tarė Princas.

Kartu su Princu ir Gyvenimu mes nuėjome į namą, kuriame gyveno Nemirtingasis. Jis atidarė duris, pažvelgė į vyrą ir, sutrikęs iš nuostabos, paklausė :

- Gyvenime, ar tai tikrai tu? Aš maniau, kad esi miręs. O kur kiti?

- Ten nėra nė vieno.Tik aš vienintelis grįžau...

Nemirtingasis pakvietė visus užeiti ir mes susėdome aplink stalą. Jie kalbėjosi apie praeitį, kai visi reikalai komplikavosi tada ir kaip puikiai viskas klostosi dabar. Gyvenimas pasakojo apie tai, ką jis matė ir girdėjo. Mudu su Princu atsiprašėme ir palikome šiuos manus. Supratome, kad jiems reikia laiko jų pačių gyvenimams aptarti.

- Šaunuolė! Įvyko, kaip sakei. Tu gali susapnuoti ateitį. Dabar tu esi viena iš mūsų,- džiaugėsi Princas.

- Aš dar nežinau, kuris sapnas yra ateitis,o kuris tik paprastas sapnas...

- Tu išmoksi juos atskirti,- nuramino jis mane.

- Kai buvau grįžusi į savo pasaulį, sapnavau tave. Mes stovėjome ant skardžio krašto ir matėme miestą – sugriautą, sudegintą, grimztantį žemyn.

- Tai buvo tik sapnas, dėl to nesijaudink,- ramiai tarė Princas.

Supratau, kad jis pats norėjo tuo patikėti, bet žinojo, kad tai ateities vizija.

Ilgėjausi savo tėvelio ir Eli, suvokiau, kad čia prabėgo kelios dienos, bet ten jiems buvo tik minutės. Tikėjau, kad mano tėtei gerai, kad jis toks pats sveikas, kokį mačiau ryte prieš palikdama namus.

- Ir Paslaptis, ir aš nerimavome dėl tavęs šį rytą. Ji tikrai rūpinasi tavimi,- pratariau.

- Tu neturėtum jaudintis dėl manęs. Aš tik pasivaikščiojau aplink.

- Tu pasitiki Blyksniu?- pasidomėjau.

- Kodėl tu manai, kad nepasitikiu?

- Paslaptis man sakė, kad matė jį išeinantį iš uždrausto miško. Gal jis seka kiekvieną iš jūsų?

- Jis padėjo mums, jis padėjo tau. Nėra jokios abejonės, kad jis – vienas iš mūsų,- tvirtino Princas.

- Jis yra vienintelis, kurio niekada nemačiau savo sapnuose.

- Laikas eiti,- paragino Princas.

Pasukome link jo namų. Nuėjome į rūsį ir Princas atidarė sunkias metalines duris.

- Atleisk, aš melavau tau, Lana. Čia yra vienintelė saugi vieta, kur jie negali mūsų girdėti.

- Kas negali mūsų išgirsti?- paklausiau.

- Sakau, vienas iš jų gali girdėti viską. Praėjusią naktį, kai tu užmigai, aš pasekiau Blyksnį. Jis nuėjo į uždraustą mišką. Toliau aš jo nesekiau. Pasislėpiau ir laukiau, bet jis grįžo paryčiais. Nepagalvojau, kad tai buvo metas saulei patekėti ir per tą laiką, kol svarsčiau, atėjo rytas, visi buvo jau sukilę ir ieškojo manęs.

- Kodėl tu su juo nepakalbėjai ir nepaklausei, ką jis ten veikė? Tu daug stipresnis už jį.

- Tu matai, kad Blyksnis yra prastas šnipas: jis palieka pėdsakus ir aš daugiau išmokstu iš jo, nei jis iš mūsų,- paaiškino Princas.

- Pasakysiu Paslapčiai, kad ji visiškai teisi.

- Ne, tu niekam nieko nesakyk. Nė vienas neturi žinoti, nes jeigu tu bandysi jai papasakoti jie judvi išgirs.Tai per daug pavojinga.

Supratau, ką jis stengiasi pasakyti. Prižadėjau šią paslaptį saugoti.

Nuėjau pabendrauti su Paslaptimi, nes buvau prižadėjusi kartu pavakarieniauti. Ji jau buvo tapusi geriausia mano drauge ir su manimi buvo tokia atvira, kad ir aš stengiausi nieko neslėpti pasakodama apie savo pasaulį ir šeimą. Labai norėjau pasakyti, kad ji buvo teisi dėl Blyksnio, bet žinojau, kad negaliu. Paslaptis vis klausinėjo, kaip jaučiasi Princas, ar viskas jam gerai.

- Ar galiu tavęs kai ko paklausti?- kreipiausi.

- Be abejo, tu gali manęs paklausti bet ko, Lana.

- Ar tau patinka Princas?

- Kodėl tu taip manai?

Jos veidas švelniai paraudo.

- Juk galima pastebėti, kad tu jam patinki.

- Prašau, nesakyk jam nieko. Aš nenoriu, kad jis nustotų su manim kalbėjęs ar pradėtų manęs vengti.

- Jis niekados to nepadarys, - nuraminau ją. – Princas yra toks puikus vaikinas, viena iš mieliausių asmenybių, kokias man teko sutikti.

- Ar turėčiau jam prisipažinti, kad jis man patinka?- jaudinosi Paslaptis.

- Aš nemanau, kad dabar tam pats tinkamiausias laikas. Galbūt turėtum pasistengti praleisti su juo daugiau laiko. Ne taip seniai jis prarado kai ką labai brangaus, todėl aš manau, kad jis dar nepasiruošęs naujai draugystei.

- Taip, aš suprantu. Prašau, niekam nepasakok, ką aš jaučiu Princui.

- Tikrai ne, aš prižadu!

Įsitikinau, kad žmonės čia ima manimi pasitikėti ir greitai aš pradėsiu saugoti jų paslaptis. Žinojau, kad galų gale jos išaiškės. Vyliausi, jog aš nebūsiu viena iš tų, kurios viską išduoda.

VIII Skyrius
TAMSIOJI PUSĖ

Dangus toje uždraustoje miško pusėje dažniausiai būdavo tamsus: saulė juoda, o debesys dengdavo pilies viršūnę. Pilis- pilna paslapčių ir blogio.

Magas rengė ceremoniją Juodojo Valdovo grąžinimui. Jis kvietė kiekvieną vidun. Keitimas, Ugnius, Bučinė, Mirtis ir Nuostolis stovėjo šalia Tamsiojo Valdovo kūno. Kiekvienas dar stebėjo Magą. Šis turėjo visus ingredientus, išdėliotus žemai ant atskiro stalo. Kiekvieną daiktą jis dėjo į taurę, po to pradėjo lotyniškai skaityti kažką iš senos burtų knygos. Tada paėmė gintarą ir jį ištirpino, paskui supylė į taurę su ingredientais. Magas paėmė švirkštą ir ištraukė skystį, kurį pagamino. Jis smeigė švirkštą Tamsiajam Valdovui tiesiai į širdį ir suleido dozę nuodų. Tada žengė atgal ir tarė: „Pabusk, mano Valdove!". Tamsiojo Valdovo pirštai ėmė judėti, o visi, kurie tai stebėjo, žengė atgal. Jis iš lėto pakilo ir atsimerkė. Apsidairęs aplinkui, pamatė tik šešis savo draugus ir daugybę veidų, kurių niekada nebuvo regėjęs. Visi suklupo prieš jį, išskyrus tuos šešis.

Juodojo Valdovo kūnas buvo vienų randų, plaukai tamsūs, akys raudonos lyg kraujas. Didžiulis randas ėjo per visą veidą, nuo akių iki lūpos. Jis buvo daugiau nei dviejų metrų ūgio, rankos raukšlėtos ir senos, ilgais juodais nagais. Jis apsivilko juodu apsiaustu su kapišonu, kuris dengė jo galvą ir veidą. Pakėlęs rankas, pažiūrėjo į jas. Staiga jis ėmė jaunėti: dingo raukšlės ant rankų, o jis pats atrodė ne daugiau nei trisdešimties.

- Sveikas sugrįžęs, **Meistre** ! - tarė Bučinė, o po jos pasisveikino ir kiti.

- Nuostoli, Mirtie, Bučine, Ugniau, Keitėjau ir Mage, kiek ilgai tai tęsėsi?

- Tai truko dešimtmečius, - Atsakė Mirtis.

- Ko jūs taip ilgai delsėte? – Jo balsas nuskambėjo grėsmingai.

- **Meistre**, jūs turite suprasti, kad šis prakeikimas buvo neįveikiamas, kol mes neatskleidėme įėjimo į kitą pasaulį, kol kvailas Dausų Karaliaus sūnus neįvedė ten mūsų. Tada sutikome kai ką, leidusį paimti ingredientą, kurio mums trūko,- paaiškino Magas.

- Kiek mūsiškių čia yra? -pasiteiravo Tamsos Valdovas.

- Čia pasilikę tik mes šeši, o kiti yra žmonės, kurių tu anksčiau nesi matęs .Turinčių galių yra 23, bet laikome kalinį, kuris galėtų būti labai naudingas,- aiškino Keitėjas.

- O kiek jų yra anapus miško?

- Apie šimtą, bet aš spėju, kad tik 60, turinčių galių, ir pulkelis iš jų – dar tik vaikai.

- Puiku. Rytoj mes eisime pabaigti to, ką turėjome padaryti prieš metus. Kiekvienas pasirenkite kovai. Dabar ji turėtų būti nesunki, nes Dausų Valdovas išvytas. Mes eisime bangomis. Rytoj, kai tik saulė patekės, Ugnius ir Nuostolis pasiims dešimt kitų ir eis pirmieji. Jūs turėtumėt vieni lengvai juos sutriuškinti. Jeigu tai nepavyktų, tada likusieji iš mūsų bus pasirengę jums padėti. Neapvilkite manęs vėl.

- Taip, **Meistre**.

Nors jų ten buvo daug, ne vienas dar bijojo Tamsos Valdovo ir paslėptų jo galių.

Ugnius ir Nuostolis buvo stipriausi po Tamsos Valdovo. Niekas nežinojo, kodėl jis nutarė šiuos pasiųsti pirmuosius. Vieni kalbėjo, kad jis bijojo būti pašalintas pats, kiti sakė, kad Valdovas įsitikinęs, jog jie pakankamai stiprūs vieni sugriauti miestą.

Nuostolis buvo milžiniškas bernas. Jis svėrė mažiausiai apie 150 kilogramų. Jo rankos ilgos, muskulai didžiuliai. O ką kalbėti apie jo venas, kurios išryškėdavo visada, kai jis ką nors darydavo. Jis buvo plikas, nedėvėdavp jokių marškinių. Geriausias Nuostolio draugas, visiška jo priešingybė, buvo Ugnius – smulkus berniukas ilgais gelsvais plaukais. Jis vilkėjo šviesiai pilkais marškiniais ir juodais džinsais. Ugnius buvo susituokęs su Bučine ir jiedu augino du nuostabius vaikus – berniuką ir mergaitę. Ugnius nenorėjo kariauti, jis buvo nusiteikęs prieš miestų griovimą ir visokį blogį nuo to laiko, kai susilaukė vaikų. Kadangi Nuostolis labai mėgo griauti ir triuškinti viską, kas pasipainiodavo jo kelyje, jiedu buvo visiška priešingybė, kuri kartu darė juos nenugalimus.

Buvo jau naktis ir visi norėjo miegoti. Ugnius nenorėjo daryti to, ką įsakė Tamsos valdovas, bet žinojo, kad jeigu nevykdys, šis gali nužudyti jį ir jo šeimą.

Kai saulė patekėjo, Ugnius atsisveikino su žmona ir vaikais. Eidamas pro duris prižadėjo jiems grįžti. Nuostolis jau laukė jo kartu su dešimčia vyrų. Ugnius buvo vienintelis, kuris prisiminė kelią į miestą. Jie žingsniavo iš lėto. Kai jau buvo nuėję pusę kelio, Ugnius visų paprašė sustoti. Jis pasišaukė Nuostolį pasikalbėti ir kažką jam paaiškino. Iš pradžių Nuostolis atrodė nepatenkintas tuo, ką jam sakė Ugnius, bet netrukus linktelėjo galva sutikdamas. Ugnius nubėgo vienas, nes Nuostolis buvo paliktas kaip atsakingas asmuo – prižiūrėtojas.

- Klausykite,- kreipėsi jis į laukiančius. – Ugnius nuėjo pažiūrėti, ar tai šis kelias. Jis grįš ir pasakys, teisinga kryptimi einame ar ne. Aš čia paliktas, kad per tą laiką patikrinčiau visų jūsų galias. Kiekvienas iš jūsų turi parodyti, ką jis sugeba. Na,kas pasiruošęs ateiti pirmas!

- Mano vardas Griaustinis. Aš galiu kirsti žaibu net giedriausią dieną.

- Traiškytojas. Aš galiu kiekvienam sutraiškyti visus kaulus.

- Valdytojas. Aš sugebu kontroliuoti kiekvieną savo rankomis.

- Sprogdintojas. Galiu susprogdinti bet kokį daiktą, kuriame yra nors lašelis vandens.

- Jie mane vadina Žvilgsniu, nes as galiu matyti tamsoje, kiaurai per sienas ar regeti viską už tūkstančio kilometrų.

- Mano vardas Spąstai. Galiu paspęsti pinkles kiekvienam taip, kad jis jaustųsi esąs kalinys.

- EsuTransportas. Turiu galią nugabenti kiekvieną bet kur, pats nekeliaudamas niekur.

- Trintukas. Galėčiau kiekvieno atmintį ištrinti taip, kad niekada neprisimintų jokių savo gyvenimo įvykių, nežinotų, kas jis pats yra.

- Mano vardas Kopijuotojas. Aš galiu pasisavinti kiekvieną sugebėjimą, kurį matau esant reikalingą.

- Stūmėjas. Aš galiu kiekvienam į galvą įstumti įvairių minčių.

Visi būrio vyrai turėjo įspūdingų galių, bet tik vienas patraukė Nuostolio dėmesį.

- Stūmėjau, eik su manim, - pasakė.

Jie abu nuėjo toliau nuo būrio, kur niekas negalėjo jų girdėti.

- Kas yra, pone?- nustebęs paklausė pakviestasis.– Ar mano jėga nėra pakankamai gera, kad galėčiau būti su jumis?

- Ne, tavo galia yra kaip tik tai, ko mums dabar labiausiai reikia. Atidžiai paklausyk. Tamsos Valdovas prarado savo galią, kai buvo apkerėtas dešimtmečiams, todėl reikalinga tavo pagalba. Ugnius išvyko į miestą padegti ir viską paleisti ugnimi, bet per daug rizikinga eiti mums visiems, tad jis pasiryžo tai padaryti vienas. Pasistenk įtikinti visus devynis vyrus, kad jie ėjo į mūšį ir sunaikino kiekvieną, o Ugnius sudegino jų miestą. Bet tu privalai nė su vienu apie tai nesikalbėti.

– Taip, pone.

Stūmėjas buvo jauniausias iš jų visų – tik septyniolikos metų. Jis buvo liesas berniokas trumpais juodais pasišiaušusiais plaukais. Atrodė nusigandęs Nuostolio, bet kartu ir laimingas kad kam nereikės eiti į kovą, nes negalėjo įsivaizduoti žudynių ar sužeidimų. Pažvelgęs atgal, į vyrus, jis tarė Nuostoliui:

– Reikia, kad jie manęs klausytų.

Nuostolis taip pat atsigręžė ir pašaukė:

– Ei, visi pas mane! Yra toks svarbus reikalas, apie kurį jums pasakysiu. Visi atidžiai paklausykite.

Stūmėjas pradėjo kalbėti ir kiekvienas jo klausėsi. Jis vaizdingai pasakojo apie tai, kaip jie visi ėjo į karą su kita gentimi, Išžudė gyventojus ir sudegino kaimą iki pamatų. Priešai jų ten nelaukė, todėl nebuvo pasiruošę mūšiui. Kai jie kovojo, Ugnius juos gynė, bet pats buvo nužudytas. Mes visi likome gyvi ir dabar ruošiamės grįžti namo su pergale.

Visi patikėjo tuo, kas buvo pasakyta. Iš džiaugsmo jie pradėjo šaukti ir švęsti pergalę. Tik kai kurie nuliūdo, kad prarado tokį kovotoją kaip Ugnius, kuris saugojo jų gyvybę. Nuostolis pažiūrėjo į tą pusę, kur buvo miestas, ir sušnibždėjo:

„-Sėkmės, berniuk! “.

IX   Skyrius

NAUJI NAMAI

Pabudau. Ar tai buvo tik sapnas? Viską jaučiau taip aiškiai, lyg būčiau ten, šalia jų. Nuskubėjau į Princo kambarį ir viską iš eilės papasakojau. Jis prisiminė, kad Sapnų Mergelė susapnuodavo ne tik ateitį, ji taip pat gerai matė dabartį.

- Ar tu manai, kad visa tai iš tiesų gali atsitikti dabar?

- Taip,- atsakė p Princas. – Mes privalome skubėti. Jei Ugnius ateina vienas, aš galiu jį sustabdyti. –Ar tu tikra, kad matei jį einant šiuo keliu ir nieko daugiau ten nebuvo?

- Taip, esu įsitikinusi, kad jis visus paliko miške ir atbėga vienas.

- Eime, mes turime palikti miestą ir sutikti jį, kol čia nė vieno nesužeidė. Jei mes įstengsime sutikti jį prie ežero, tai ten nėra nieko, ką jis galėtų padegti, nebent žolę.

Mes nubėgome. Mes nuskubėjome prie vartų ir lėkėme tolyn. Miestas dingo iš akių, bet mes nepastebėjome jokio kelio, kuriuo galėtų atbėgti Ugnius, nebent jis žinojo kokį slaptą taką. Nubėgome prie upės ir iškart pamatėme link mūsų skubantį vyrą. Princas paslėpė mane už savęs, lyg ruoštųsi ginti. Vyro rankos liepsnojo, bet kai pamatė Princą, jos nustojo degusios. Iš lėto pakėlęs rankas aukštyn, jis tarė:

- Aš atėjau su taika,- tarė jis.

- Kodėl ? – paklausė Princas.

- Atėjau jūsų įspėti, kad Tamsos Valdovas atsibudo ir dabar jis mus siunčia sunaikinti jus visus. Aš nenoriu dalyvauti jo planuose ir jūs negalite leisti jam sunaikinti savo nekalto miesto. Tai, kas buvo tarp jo ir kilnaus tavo tėvo, buvo tarp jų ir pasibaigė prieš daugel metų. Jūs nepadarėte nieko blogo, kad būtų sunaikintas nekaltas jūsų miestas ir išžudytos šeimos.

- Kodėl tu nenori klausyti savo valdovo? Paskutinį kartą mes sutikome tave padeginėjantį namus ir besilaikantį šalia Tamsos Valdovo.

- Nuo to laiko, kai jūs mane matėte paskutinį kartą, aš pasikeičiau. Dabar turiu šeimą ir suprantu, kaip tavo tėvas dėl visų jūsų stengėsi gintis. Aš būčiau stovėjęs greta jo, jeigu mano šeimai taip pat būtų grėsęs pavojus. Buvau jaunas ir kvailas, bet dabar viską aiškiai suprantu.

- Ką pasakyti mums norėjai?

- Aš liepiau savo vyrams eiti namo ir kalbėti apie pergalę prieš tave ir tavo žmones. Mes įdiegėme į jų galvas mintį, kad išžudėme jus visus ir sudeginome miestą iki pamatų. Aš buvau vienintelis iš jų, žuvęs šiame mūšyje.

- Tai tu saugojai mus?

Tik šį kartą. Tamsos Valdovas eis įsitikinti, ar viskas sunaikinta ir nėra nė vieno gyvo.

- Ką mes dabar turėtume daryti?- paklausiau.

- Jūs visi turėtumėt palikti miestą ir eiti kur nors tolyn nuo čia ir tada vėl pradėti gyvenimą iš naujo....

- Aš surinksiu visus ir mes per valandą pasitrauksime.

Princas nusiminė, bet žinojo, kad tai geriausias būdas visų saugumui.

- Ką tu ruošiesi daryti? – paklausiau Ugniaus. – Juk palikai savo šeimą ten ir negali grįžti, nes visi įsitikinę, jog esi miręs.

- Turiu grįžti atgal, nes Nuostolis sakė lauksiąs manęs ten. Mes stengsimės sutramdyti Tamsos Valdovą ir kiekvieną, kuris pasipainios mūsų kelyje.

- Pasilik su mumis, - pasiūlė Princas. – Tu apsaugojai mano šeimą čia, o aš eisiu su tavimi ir kovosiu tavo pusėje, kad apsaugotume tavo žmoną ir vaikus.

- Man būtų garbė stovėti tavo pusėje, Šviesos Prince!

- Tai man garbė, - atsakė šis.

Mes grįžome į miestą ir Princas visus sukvietė.

Žmonės atrodė truputį išsigandę, kai pamatė Ugnių, stovintį su mumis, bet tuo pačiu, jie jautėsi ir saugūs, nes Princas buvo šalia.

- Nebijokite jo, - nuramino Princas. – Mūsų šeima po truputį didėja ir mes jau turime naują narį. Jis apsaugojo mus nuo didžiulio pavojaus, bet mes turime palikti savo namus ir ieškoti naujos vietos. Aš kviečiu jus visus eiti su manimi ir pasistatyti naujus namus ir miestą, didesnį, stipresnį, nei buvo kada nors anksčiau. Žinau nuostabią vietą, kurią galėsime vadinti savo namais. Šis jaunas vyras paaukojo savo šeimą, kad apgintų mus. Aš jam prižadėjau, kad greitai, kai tik jūs būsite saugūs, eisiu su juo, padėsiu kovoti prieš Tamsos Valdovą ir apginti jo šeimą, kaip jis apgynė mūsų. Šis mūšis bus ypač pavojingas, todėl negaliu kviesti nė vieno iš jūsų eiti kartu. Bet prieš išvykdami žinokite, kad tarp mūsų yra išdavikas. Jis metų metus gyveno su mumis ir mus sekė. Turime ištrint jo atmintį, kad neprisimintų, kas esąs. Jo vardas Blyksnis.

Sunerimę žmonės pradėjo tarp savęs kalbėtis.

- Taip,aš nepamiršau, kad anksčiau šis žmogus yra mums padėjęs, bet tai vienas iš anų, nebent mes jam atleistume, ištrintume jo atmintį, kad galėtų gyventi tarp mūsų teisingą gyvenimą.

Blyksnis suprato, kad turi tuoj pat eiti. Jis žengė į rato vidurį, kur stovėjo Princas, ir tarė:

- Atsiprašau už skriaudas, kurias patyrėte dėl manęs. Aš esu vertas didžiausios bausmės, bet jeigu jūs ištrinsite mano atmintyje viską, kas ten buvo, aš tęsiu savo pagalbą ir džiaugsiuosi galėdamas būti vienu iš jūsų.

Jis nuleido akis, maldaudamas atleidimo. Prie jo priėjo Mintis. Ji pažvelgė į Princą ir uždėjo savo ranką ant Blyksnio galvos. Šis krito ant žemės, o kiek vėliau, atsitokėjęs, nežinojo, kas jis yra. Mintis įtikino Blyksnį, kad jis parkrito ant žemės, susitrenkė galvą ir štai dėl ko nieko neprisimena. Princas papasakojo Blyksniui apie ankstesnį jo gyvenimą ir šis patikėjo viskuo, kas buvo sakoma.

Netrukus kiekvienas, pasiėmęs reikalingiausius daiktus, išėjo iš miesto. Visi sekėme paskui Princą aplink kalvą ir per Gyvenimo Mišką. Žygiavome mažiausiai valandą, kol atsidūrėme atvirame lauke. Žole apaugęs kraštas buvo daug didesnis nei tas, kuriame gyvenome anksčiau. Princas sustojo ir tarė:

- Atvykome.

Jis pasiėmė savo krepšį ir kreipėsi į vieną iš seniausių vyrų:

- Kūrėjau, žinau, kad sunki užduoti, bet mes prašome pastatyti didelį būstą, kad kiekvienas turėtų kur praleisti šią naktį.

- Tai yra lengviausia, ką galiu dėl jūsų padaryti, - atsakė Kūrėjas. – Rytoj visi mes turime vėl pradėti statyti miestą, kuris būtų didesnis nei anksčiau. Aš suprantu, kad kiekvienam iš mūsų yra sunku taip staiga išvykti ir niekada nesugrįžti į savo namus, kur gyveno mūsų protėviai. Tai yra nauja vieta, tai bus naujas puslapis mūsų gyvenime ir mes pradėsime kurti naują ateitį šioje vietoje.

Princas, Ugnius ir aš išėjome tolyn nuo būsimo miesto. Nutarėme grįžti kitu keliu. Užlipome ant kalvos, kur Princas leisdavo saulei patekėti. Pažvelgiau žemyn ir įsitikinau, kad viskas yra taip, kaip sapnavau prieš kurį laiką. Princas pažiūrėjo į Ugnių ir linktelėjo galva. Šis pakėlė rankas ir miestas pradėjo degti. Po keleto minučių viskas paskendo liepsnose. Princas apkabino mane per pečius ir tarė : „Dabar mes turime eiti'. Kartu su Ugniumi grįžome į naują vietą. Kol mes buvome ten, čia iškilo didžiulis statinys, kuris atrodė kaip penkių žvaigždučių viešbutis. Jis buvo septynių aukštų, iš visų pusių žvelgė apie šimtas langų. Prieš namą tyvuliavo didžiulis tvenkinys su čiuožykla, einančia žemyn nuo pastato viršūnės. Jaunimas neslėpė savo džiaugsmo. Vienas vaikas sakė, kad ši vieta jam patinka labiau nei ankstesnė.

- Kodėl jau dabar mes čia jaučiamės kaip namie? – paklausiau.

- Tai ne tik vieta pastatui,- nuo dabar tai vadinsis mūsų namais. Žmonės, kurie tave supa, padarė, kad ši vieta būtų jaukesnė ir labiau panaši į namus, - atsakė Princas.

Naktį praleidome naujuose savo namuose, o Ugnius, pagarbiai vaišinamas, galėjo pats išsirinkti sau kambarį.

Iš ryto, kai Princas buvo pasiruošęs išvykti, susirinko grupė žmonių, kurie norėjo eiti su juo. Aš taip pat. Žinojau, kad neturiu galių nei savęs apginti, nei kitiems padėti, bet negalėjau tik sėdėti ir melstis, kad jie būtų saugūs ir grįžtų namo. Visi laukėme, kol išeis Princas.

- Žinau, kad mūsų nėra labai daug, bet būdami kartu mes turime vilčių nugalėti Tamsos Valdovą ir jo armiją, - tikino Elementas.

- Mūsų galios nėra tokios stiprios kaip jų,- jo mintį pratęsė Paslaptis, - bet jeigu mes kovodami būsime vieningi, nėra ten nieko, kas galėtų mus sulaikyti.

- Aš negaliu uždrausti jums eiti su manim, tik nenoriu daryti jums įtaką. Tikrai vertinu visus, kurie nori prisijungti prie mūsų, bet negaliu prižadėti saugumo kelyje nė vienam. Ten mums grės didžiulis pavojus, tiesa pasakius, net ir aš bijau. Jeigu jūs apsigalvosite ir liksite su savo šeima, man nebus apmaudu, - taip kalbėjo Princas susirinkusiems.

- Elementas, Paslaptis, Trauka, Šokėjas, Jėga, Skydas, Mintis, Iliuzionistas ir Greitis žengė žingsnį link Princo.

- Rodyk kelią ir mes eisime paskui tave, - tarė Greitis.
Dauguma jų buvo jauni, bet protingi ir stiprūs kaip ir vyresnieji. Ugnius turėjo planą:

- Aš žinau, kad iš ten eis keletas jų patikrinti, ar miestas sugriautas. Kai atėję pamatys, kad jis sudegintas iki pamatų, jie pasuks link uždrausto miško. Kaip tik ten mes jų ir lauksime. Iki to momento Paslaptis turi mus paversti nematomais. Kai jie priartės prie mūsų, turime juos netikėtai atakuoti. Ten gali būti tik keletas jų. Vadovauti jiems turėtų Keitėjas arba Mirtis. Neturėtų kilti jokių problemų, kaip apsisaugoti. Kai šitie negrįš namo, Tamsos Valdovas pradės jaudintis ir surinks dešimt stipriausių vyrų, kurie eis kartu, kad patys galėtų pamatyti, kas atsitiko. Kai jie paliks pilį, mes atakuosime ir išlaisvinsim visus žmones, kurie nenori ten būti, išlaisvinsim kalinius ir lauksime sugrįžtant Tamsos Valdovo. Jam parsiradus prasidės tikra kova. Kaip sakiau, jis visą laiką turės dešimt stipriausių vyrų. Mes privalome atskirti jį nuo šio būrio. Tai vienintelė tikimybė nugalėti Tamsos Valdovą.

Mes visi truputį jaudinomės ir nerimavome dėl šio plano, bet atrodė, kad visa tai įmanoma. Princas leido saulei patekėti, o Iliuzionistas padarė kad ji būtų tamsi – priešai turėjo manyti, jog Princas ir visi kiti iš tiesų yra mirę. Laukeme kovos, bet iš tikrųjų mes visi troškome tęsti pradėtas statybas, kad kuo greičiau pasijustume kaip namuose - saugūs ir laimingi.

Princas pasišaukė Nemirtingajį ir su juo aptarė visus reikalus o ypač svarbiausią: jeigu jis negrįžtų, Nemirtingasis privalėtų ginti ir saugoti šeimą, kaip kad jis anksčiau saugojo. Netrukus visi priėjo atsisveikinti ir linkėti sėkmės.

- Būkite ramūs, - tarė Princas, atsistojęs ant kelmo. – Mes daugiau niekada nebijosime dėl savo vaikų ir šeimos. Mes pasiruošę tą kovą baigti visiems laikams. Mes negyvensime baimėje ir šešėliuse, nesislapstysime nuo burtų ir užkeikimų. Tai paskutinė diena, kai nerimaujame prieš eidami miegoti, nežinodami, ar sulauksime ryto. Mūsų niekas neslėgs. Šie vyrai ir moterys padės man, ir Ugnius stos už mus visus. Mes vėl galėsime gyventi taikiai, kaip gyvenome iki šiol. Priešų yra daugiau negu mūsų, bet mes kovosime kaip vienas, nes turime už ką kovoti: savo vaikus, savo žmonas ir vyrus ir pagaliau savo genties ateitį. Suprantama, kad ne visi grįšime, bet tada gyvensime mylinčiose savo vaikų širdyse. Mes nebijome mirties, nes bijoti mirties – tai blogiau už viską.

Atėjo laikas palikti šią vietą. Mes įžengėme į uždraustą mišką, ir Paslaptis mus pavertė nematomais. Laukėme savo priešų, einančių į miestą, kuris buvo visiškai sudegęs. Laukėme ilgas valandas ir jau buvome beatsisaką šio plano, kai pamatėme Formos keitėją, pasivertusį tuo pačiu žvėrimi, kuris nužudė Ateitį. Pajutau, kaip sudrebėjo Princas, norėdamas išlieti savo pyktį. Jis suspaudė mano ranką ir atsistojo.

- Valdykis, - įspėjo Ugnius.- Kai bus tinkamas laikas, galėsi daryti su juo ką nori, bet neįpainiok mūsų visų į pavojų. Laikykimės plano!

Princas sutramdė savo pyktį, jo ranka atsipalaidavo.

Ir kaip tik tada pamatėme septynis vyrus, einančius paskui Keitėją. Kai jie praėjo pro šalį ir nutolo, Paslaptis vėl mus pavertė matomais.

- Gerai, čia jų yra tik aštuoni. Jie neturėtų laimėti, jeigu mes kovosime kartu, - Ugnius apžvelgė mus. – Iliuzioniste , ar galėtum padaryti taip, kad atrodytų, jog čia mūsų šimtai?

- O, tai visai nesunku. Aš galiu padaryti, kad jie jaustųsi apsupti.Tada nesusigaudys, kurie iš mūsų tikri ir negalės panaudoti savo galių. Tai aišku kaip dieną!

- Skyde , apdenk mus visus skydais ir išlaikyk tai kaip galima ilgiau. Šokėjau, Elemente ir Greiti, čiupkite kurį norit. Prince, žinau, kad tu veržiesi kovoti su Keitėju. Mintie, pasistenk, kad priešai savo jėgas nukreiptų vienas prieš kitą. Paslaptie, pasiversk nematoma ir saugok Laną. Aš pasirūpinsiu kitais.

Mes išgirdome juos grįžtant ir visi susikibome rankomis, o Paslaptis vėl panaudojo savo gudrybę. Priešai iš lėto slinko vis arčiau ir arčiau. Dangus buvo tamsus, saulė juoda. Vėjas pūtė taip stipriai, lyg žinotų kažką baisaus apie tai, kas atsitiks.

Keitėjas, pasivertęs tokiu pat žvėrimi, kuris nužudė Ateitį, žingsniavo pirmas, o kiti buvo už jo. Vos tik jie priartėjo prie mūsų rikiuotės, Iliuzionistas padarė taip, kad jie jaustųsi lyg apsupti. Mes pasitraukėme nuo Paslapties ir tapome matomi.

Keitėjas pasivertė žvėrimi ir garsiai staugė. Jis ėmė pulti Princą. Šis stovėjo ten pakeltomis rankomis. Kai žvėris atsidūrė šalia, Princas išnyko. Keitėjas dairėsi aplink ir vėl baisiai sustaugė. Kitą minutę Princas pasirodė virš žvėries, užšoko ant jo viršugalvio ir pradėjo jį spausti prie žemės. Po to Princas žengė žingsnį atgal ir iškėlė rankas į orą. Žvėris pakilo nuo žemės. Pasigirdo šiurpus staugimas. Princas vėl sviedė jį žemėn ir šis ėmė virsti žmogumi. Princas manė, kad kova baigta, bet Keitėjas staiga užšoko ant jo. Mūsų jaunasis kovotojas uždėjo savo rankas ant priešo krūtinės ir nusigręžė. Čia atsirado šviesos spindulys, kuris švietė akinančiai ryškiai. Formos Keitėjas virto pelenais, o vėjas juos išpustė po visą lauką. Elementas treptelėjo koja į žemę, ir žolė, kur stovėjo priešai, virto vandeniu. Vanduo vos tik apsėmęs jų kojas, virto ledu, kuris pėdas įšaldė taip, kad įstrigę priešai negalėjo pajudėti. Mintis uždėjo savo ranką ant galvos ir pažiūrėjo vienam priešui į akis. Šis pasisuko į savo draugą, stvėrė jo galvą ir sulaužė kaukolę. Jėga nubėgo prie vieno iš priešų ir nukirto jį vienu smūgiu. Gabentojas sugriebė du vyrukus, pakilo aukštyn į padanges ir staigiai krito su jais žemyn. Abu vyrukai iškart mirė. Greitis bėgiojo aplink vieną iš įstrigusių. Atrodė, lyg čia siaustų viesulas. Pribėgęs griebė jį už gerklės ir uždusino. Ugnius pastebėjo tuos, kurie dar buvo likę gyvi, ir pavertė juos pelenais. Niekas iš mūsų nežinojo, kad jis patobulino savo galias: dabar Ugnius galėjo sudeginti bet ką, ne tik namus ar laukus.

Nemalonu buvo žiūrėti į nužudytuosius, bet aš žinojau, kad taip turi atsitiki arba jiems, arba mums. Keletą minučių niekas nekalbėjo. Visi suprato, kad kiekvienas jų kažką nužudė. Princas sėdėjo ant žemės nuleidęs galvą. Priėjusi atsisėdau šalia jo.

„ -Turėtų viskas būti gerai, aš prižadu. Kas yra atlikta, atlikta dėl jūsų šeimos saugumo," – raminau jį.
Pradėjome eiti link užburto miško. Buvo tamsu ir nelengva Ugniui rasti kelią į pilį.

- Gal naktį pailsėkime, o po to iš pat ankstyvo ryto žygiuosime tiesiai link pilies,- pasiūlė jis ir atsisėdęs ant žemės užkūrė ugnelę.

- Ateikite visi čia , susėskite aplink laužą ir šildydamiesi pasidalinsime kokiomis nors istorijomis, kad laikas greičiau prabėgtų.

Mes susėdome ir pradėjome tarp savęs kalbėtis. Princas atsisėdo nuošaliau ir buvo galima suprasti, kad jis apie kažką mąsto. Aš jau buvau beeinanti sužinoti, kokie rūpesčiai jį slegia, bet Paslaptis mane sustabdė:

- Gal leisk man nueiti. Tu jau ir taip daug jam padėjai.

Ji nuėjo prie Princo ir pradėjo jį kalbinti:

- Ar galiu atsisėsti šalia tavęs?

- Gerai, prašau.

Paslaptis atsisėdo šalia ir valandėlę tylėjo.

- Dėkoju, kad leidai man eiti į šį žygį kartu su jumis.

- Aš džiaugiuosi, kad ėjai. Be tavęs man būtų daug sunkiau. Tavo dėka žmonės liko saugūs.

- Labai apgailestauju dėl Ateities. Žinau, kokia brangi ji tau buvo.

- Viskas gerai, nes ji dabar danguje su mano šeima.

- Jos mirtis tai dar nėra jos gyvenimo pabaiga, - Paslaptis padėjo savo ranką ant Princo rankos. – Ateitis gyvena kiekvieno, kuris ją mylėjo, širdyje ir jaunojoje kartoje, kuri ja žavėjosi. Jos gyvenimas ir pasiaukojimas – tai lapas Gyvenimo medyje. Eikš su manim prie ugnies, ten visi dalijasi naujomis ir senomis legendomis.

Paslaptis atsistojo, ir Princas pakilo kartu su ja. Jie priartėjo prie laužo ir atsisėdo prie mūsų. Visi liovėsi kalbėję ir atsigręžė į Princą, laukdami, ką jis pasakys.

- Ar galėtum mums papasakoti kokią istoriją, Prince, - tyliai kreipėsi į jį Mintis.

Princas apžvelgė mus, ir pradėjo pasakoti:

- Ar esate kada nors girdėję legendą apie berniuką, kuris atsigręžė prieš savo šeimą ir buvo pirmasis, ištremtas iš šio pasaulio?

Mes visi papurtėme galvas.

- Tai legenda, kurią Nemirtingasis papasakojo mano tėvui, kai šis buvo dar mažas vaikas.

Visi pasislinko arčiau Princo ir visą laiką, kol jis pasakojo, klausėsi labai įdėmiai.

- Prieš tūkstančius metų, Nemirtingasis turėjo nepanašų į save brolį dvynį, vardu Begalinis. Abu buvo apdovanoti tais pačiais gabumais ir abiem buvo lemta gyventi amžinai. Kai Begaliniui sukako dvidešimt penkeri, jis įsimylėjo moterį – Deivę, kuri turėjo neįtikėtiną jėgą, greitį, uoslę, ištvermę ir gydymo galią. Jie gyveno metų metus, bet Begalinis neseno, o jos metai bėgo.

Vieną naktį Deivė susiginčijo su savo tėvais. Ji pabėgo iš jų ir nuėjo į Begalinio namus. Ten buvo taisyklė, kurios niekada niekas negalėjo sulaužyti. Paprastas žmogus negalėjo turėti vaikų su Deive. Nė vienas nežinojo kodėl, o kurie žinojo, negalėjo niekam pasakyti priežasties. Deivė buvo supykusi ant savo tėvų, kurie nepasitikėjo Begaliniu, o šis buvo piktas ant pasaulio, kad sutvėrė jį galintį įsimylėti kiekvieną, kurio senatvėje laukia mirtis, o pats liks jaunas amžinai. Jiedu nutarė sulaužyti taisyklę ir mylėtis. Deivė tapo nėščia. Abu žinojo, kad Deivė negalės grįžti namo, kol laukiasi, todėl pasiliko su savo vyru ir Nemirtinguoju . Niekas šeimoje nežinojo, kad Begalinio sužadėtinė yra Deivė, todėl nepriештaravo, kad ji liks šioje šeimoje. Prabėgo mėnesiai ir Begalinis buvo pasiruošęs tapti tėvu. Kai vaikas gimė, jie nepastebėjo nieko bloga, todėl niekam jie neprasitarė, kad sulaužė taisyklę.

Bėgo metai. Berniukui sukako penkeri ir jis pradėjo atrasti savo gabumus. Deivė greitai įsitikino, kad vaikas paveldėjo visas jos galias, bet jis buvo silpnas ir negalėjo būti toks tvirtas ir greitas kaip jo motina. Vos tik berniukui sukako dvylika, jis taip nusilpo, jog atrodė praradęs visas savo galias. Tėvai pagalvojo, kad berniukas susirgo. Jie niekada nebuvo girdėję, kad kas nors prarastų savo jėgas kaip jų sūnus.

Atėjo Begalinio gimtadienis, ir žmona padovanojo jam šunį. Berniukui jau buvo trylika, todėl tėvas nusprendė, kad visai saugu palikti jį namuose su šunimi, kol jie su žmona vakarieniaus. Kai tėvai grįžo namo, vaikas bėgiojo aplink namą greičiau nei prieš tai. Deivė ir Begalinis buvo laimingi ir kalbėjo, jog tai esąs stebuklas, kad vaikas toks sveikas. Motina sustabdė sūnų ir paklausė, kas atsitiko, bet šis neištarė nė žodžio. Begalinis pastebėjo, kad ant kilimo likę kraujo, o šuns niekur nesimatė. Greitai jie susivokė, kad vaikas suvalgė šunį. Tėvai negalėjo įsivaizduoti, kaip tai galėjo atsitikti. Jie vaikui paaiškino, kad negalima valgyti jokių gyvūnų, kol jie gyvi. Atrodė, kad viskas po truputį grįžta į normalias vėžes.

Kai berniukui sukako šešiolika, Begalinis pasiėmė jį į medžioklę. Visi gyvūnai, atrodo, bijojo šio jaunuolio ir nesiartino prie jo, lyg užuosdami pavojų. Staiga berniukas pamatė didžiulį gyvūną, pašoko ir pradėjo jį vytis. Pačiupo jį per keletą sekundžių ir trenkė jį ant žemės. Begalinis nubėgo iš paskos, norėdamas sūnų pasveikinti ir padėti žvėrį nužudyti. Tačiau pribėgęs pamatė, kad berniukas kandžioja gyvūno kaklą ir čiulpia jo kraują. Tėvas bandė sūnų atitraukti, bet vos tik jį palietė, šis atsigręžė į tėvą, baisiai sustaugė ir stumtelėjo jį tolyn. Begalinis trenkėsi galva į medį ir pradėjo kraujuoti. Berniukas iščiulpė visą gyvūno kraują, bet prieš bėgdamas jis stabtelėjo, nes užuodė kažką stipriau. Tai buvo jo tėvo kraujo kvapas. Sūnus stengėsi priešintis to kvapo traukai, bet vis dėlto nebuvo toks valingas. Jis prišoko prie savo tėvo ir įkando jam į kaklą. Tačiau kažkas neleido jam tėvo nužudyti - liovėsi siurbęs jo kraują ir nubėgo į mišką.

Pradėjo temti, ir Deivė ėmė nerimauti dėl vyro ir sūnaus. Ji nuėjo į mišką ir ėmė jų ieškoti. Pamačiusi ant žemės gulintį savo vyrą, pribėgo artyn. Jo kaklas jau nekraujavo, buvo likęs tik įkandimo ženklas. Nutarė kuo greičiau Begalinį nugabenti pas gydytoją. Pamatęs įkandimo žymę, gydytojas atsigręžė į nukentėjusįjį ir piktai paklausė:

- Ką jūs padarėte?

Jis žinojo, kad sutuoktiniai sulaužė taisyklę ir sukūrė monstrą. Gydytojas Deivei išaiškino, kad jų sūnus jau ne žmogus: jis virto žudančia mašina ir nėra būdų jam padėti – jau per vėlu. Dar įspėjo kad Begalinis, nors ir liks gyvas, netrukus virs tokiu pat monstru kaip sūnus, todėl reikia ir jį nužudyti. Deivė nenorėjo su tuo sutikti. Ji parsigabeno vyrą namo, o grįžusi viską išaiškino Nemirtingajam. Šis jau anksčiau buvo girdėjęs istoriją, kad kažkas panašaus atsitiko prieš šimtmečius, ir tai buvo blogiau nei koks nors karas: žmonės ėmė žudyti vienas kitą. Visa jų gentis buvo nušluota nuo žemės paviršiaus.

Nelengva buvo Nemirtingajam apsispręsti, bet jis žinojo, kad kito kelio nėra, todėl išsitraukė peilį ir smeigė broliui į širdį. Bet buvo jau per vėlu ir Begalinio žaizda lengvai užgijo. Deivė suprato, kad jie sulaužė pavojingiausią taisyklę ir ji turi už tai sumokėti, palikdama savo vyrą ir sūnų. Ji nubėgo į mišką, norėdama surasti savo berniuką ir padaryti tai, ką reikia, bet buvojau per vėlu: jaunasis monstras žudė visą naktį ir buvo įgijęs neįtikėtinų jėgų. Motina suprato, kad neturi jokių galimybių jam pasipriešinti, todėl stengėsi nors pasikalbėti, bet **šis visiškai neklausė**, puolė motiną ir kaipmat ją nužudė. Motinos kraujas jam suteikė daugiau jėgų nei kokio nors padaro.

Nemitingasis papasakojo miesto gyventojams apie tai, kas atsitiko, ir visi labai išsigando. Magas žinojo, kad

116

berniukas ir jo tėvas gaus jėgų iš kiekvieno, kurį nužudys. Kad apsaugotų savo pasaulį, jis paruošė burtus, kurie abu monstrus padėtų ištremti iš šio pasaulio. Jis manė, jog berniukas sulauks tam tikro amžiaus ir mirs, kitame pasaulyje praradęs visas savo jėgas. Tačiau magas nepagalvojo, kad šis buvo įgijęs abiejų- tėvo ir motinos – jėgas. Jis buvo ne tik nepaprastai stiprus, greitas, ištvermingas – jis buvo dar ir nemirtingas. Po to, kai jie abu buvo pašalinti iš šios vietos, pavojuje atsidūrė kitas pasaulis. Niekas nežino, kas atsitiko vėliau. Kai kas sakė, kad jie dar gyvena tarp kitų žmonių, kiti teigė, kad jie negalėjo išlikti kitame pasaulyje.

Aš supratau, kad istorija, kurią mums papasakojo Princas, sklinda ir mūsų pasaulyje kaip legenda.

- Mes juos vadiname vampyrais, - pasakiau. - Aš maniau, kad tai tik legenda, bet faktai iš jūsų istorijos yra labai panašūs į mūsų. Legenda sako, kad vampyrai maitinasi gyvais sutvėrimais, bet iš žmonių kraujo gauna daugiau energijos nei iš ko nors kito. Mes neturime įrodymų, kad jie egzistuoja, bet dabar viskas labiau paaiškėjo. Mano pasaulyje žmonės netiki, kad yra kažkas, turintis stebuklingų galių.

- Bet jūsų pasaulis nėra pilnas vampyrų. Kadangi Nemirtingojo brolis nepakrypo į blogį, gal jis dar yra čia, tarp mūsų,

- Gal galima paprašyti Blyksnio surasti jį tarp mūsų, jeigu jis dar čia, - pasiūliau.

Princas pažiūrėjo į Šokėją ir tarė:

- Ar gali nueiti ir papasakoti Nemirtingajam apie visa tai? Mes tavęs lauksime čia.

- Žinoma. Grįšiu atgal kiek įmanoma greičiau.

X Skyrius

KARAS

Išaušo jau rytas, Šokėjas vis dar negrįžo. Princas ir Ugnius nusprendė, kad bus geriausia, jeigu mes pradėsime eiti be jo. Gal jis pakeitė savo nuomonę apie viską ir nutarė pasilikti namuose.

Mes pasukome per mišką link pilies. Kai priėjome tiltą, kuris vedė link pilies, sustojome. Čia buvo nepaprastai tylu. Laukėme keletą valandų, kol valdovas paliks šią vietą, bet nebuvo jokių ženklų apie jo ar kieno nors kito buvimą. Tilto niekas nesaugojo, o įėjimas į fortą buvo plačiai atidarytas.

- Gal jie jau išvyko? – tyliai paklausė Paslaptis.
Ir Princas, ir Ugnius tylėjo .

- Galbūt jie nejaučia jokios baimės, todėl ir nemato reikalo saugoti šią vietą, - suabejojo Greitis.

Princas susijaudinęs pažiūrėjo į Ugnių. Apie ką jie galėtų galvoti, jeigu ne apie mus? Aš nerimavau. Pasakiau jiems, kad tai, mano nuomone, panašu į pinkles, bet Princas, atrodo, nekreipė dėmesio nei įmano, nei į kitų pastabas.

- Paslaptis tikriausiai teisi, galbūt jie jau išvyko, - tarė Ugnius abejodamas.

Mes lėtai perėjome tiltą ir pro vartus. Vaizdas labai skyrėsi nuo to, kurį matėme, kai su Paslaptimi čia buvome pirmą kartą. Didžioji salė buvo šviesi, be jokio rūko. Lubos nebuvo taip aukštai ir kambarys neatrodė toks didelis. Čia buvo daug durų iki fojė galo. Mudvi su Paslaptimi nesakėme Princui apie tai, kad čia esame buvę anksčiau, nes nenorėjome jo nuliūdinti ar supykdyti.

Ugnius ėjo pirmas, o mes paskui jį. Nepastebėjau, kad kas nors čia būtų. Nuėjome į kitą prieškambario pusę ir Ugnius atidarė vienas duris. Jos vedė į lauką, kur buvo kaimas su daugybe mažų namelių, kurie priminė vieno mažo Belgijos miestelio namus, - visi skirtingo stiliaus ir skirtingų spalvų. Ugnius įėjo į savo namą, bet nerado čia nei savo žmonos, nei vaikų. Sugniuždytas ir piktas, priėjo prie mūsų ir tapo matomas. Jis vaikščiojo po visą namą, kažko ieškodamas, kol ant vienos iš pagalvių rado trumpą žinutę: „Ugniau, aš žinau, kad tu gyvas. Tamsos Valdovas visai pamišo. Jis yra suėmęs mus visus, taip pat ir kalinius, nugabenęs į kitą vietą, kur, sakė, ir jis, ir mes, būsime nenugalimi. Labai prašau, jei tik galite, paskubėkite jį sustabdyti. Manimi nesirūpink. Nuostolis padeda man saugoti vaikus ir Tamsos Valdovas nieko neįtaria. Saugokis. Bučinė.“

Kai Paslaptis vėl mus visus padarė nematomais, išėjome iš namo. Neiškentusi pasidomėjau:

- Kur jis galėjo nueiti?

- Čia yra tik viena vieta, kur jis galėtų būti nenugalimas,- tarė Princas. – Jis eina atidaryti vartų tarp mūsų ir jūsų pasaulio.

- Tai netiesa, - paprieštaravo Ugnius. – Ten yra kita vieta, kur jis gali sumanyti ateiti. Prieš karą su tavo tėvu Tamsos Valdovas mums kalbėjo, kad kai jūs būsite nugalėti, jis yra pasiruošęs atidaryti savo valdas rojuje ir surinkti visus savo draugus iš pragaro. Tai bus Pasaulinis karas. Dangus neįstengs pasipriešinti Pragaro galiai. Tamsos Valdovas norėtų pasiskelbti Dangaus ir Pragaro Viešpačiu, nes nesą nieko, kas galėtų jį sulaikyti...

- Mes privalome kažką daryti,- prabilo Princas. – Jėga, bėk į namus, pasakyk Šokėjui ateiti čia kiek galima greičiau ir mus tučtuojau perkelti.

- Stovėkite čia, - paliepė mums, kai Jėga dingo iš akių.

Po keleto sekundžių Šokėjas ir Jėga pasirodė prieš mus.

- Viskas taip greitai, - nusišypsojo Ugnius.

- Šokėjau, perkelk mus visus į namus,- paprašė Princas.

Mes visi laikėmės už Šokėjo užsimerkę. Keletą minučių aš jutau svaigulį, lyg būčiau pradėjusi alpti ar praradusi sąmonę, bet kai atsimerkiau, apamačiau, kad esame jau sugrįžę į naująjį kaimą, kur kiti mūsų laukė. Kai Nemirtingasis mus išvydo, jis atbėgo prie Princo ir sušuko:

- Jis gyvas! Mano brolis dar gyvas!.

Princui gimė idėja:

- Ugniau, papasakok visiems, kas atsitiko, kol aš kai ką padarysiu. Lana, Nemirtingasis, Šokėjau, eikite su manimi.

Mes taip ir padarėme – nuėjome nuo būrio.

- Yra tik vienas būdas nugalėti Tamsos Valdovą. Mes turime pasiimti tavo brolį, Nemirtingasis.

Buvo rizikinga ir pavojinga imti vampyrą į vietą, kur jis gali pasinaudoti kiekvieno jėga, bet tai buvo paskutinė mūsų viltis. Aš pradėjau suprasti, kodėl Princas nesupyko ant manęs, kai aš sulaužiau taisykles. Padariau tai norėdama išgelbėti savo tėvą. Taisyklės dėl to ir yra sukurtos, kad galėtum jas laužyti kilniais tikslais. Princas žinojo: jeigu šis planas nepavyks, nebus kito būdo sustabdyti Tamsos Valdovą.

Kai nuvykome pas Blyksnį į naują vietą, jis apsidžiaugė mus matydamas. Šis namas buvo švarus, ne toks kaip senasis, pilnas šiukšlių. Blyksnis mums parodė, kur yra Begalinis, ir Princas paklausė Šokėjo, ar jis galėtų mus ten nugabenti. Niekas iš mūsų nežinojo vietos, kur yra Begalinis. Šokėjas nusprendė pasižvalgyti, ar pavyks jam dar rasti vietą, kur galėtų mus perkelti. Princas, Nemirtingasis ir aš laikėmės už Šokėjo. Po keleto sekundžių šis sušuko: „Radau!" ir mes visi atsidūrėme lauke netoli kažkokios sodybos . Čia pamatėme nedidelį baltą dviaukštį namą mėlynu stogu. Durys buvo tamsiai mėlynos, mėlyni langų rėmai. Kai priėjome prie gražių medinių durų, Nemirtingasis pasibeldė. Po keleto sekundžių duris atvėrė jauna moteris.

- Sveiki, kuo galėčiau jums padėti?

Moteris galėjo būti apie dvidešimt – trisdešimt metų. Jos ilgi rudi plaukai krito bangomis, švietė žalios akys, veidas simetriškas, nuoširdus. Tai buvo labai miela jauna moteris.

- Laba diena, ponia. Mes norėtume pamatyti vyrą, vardu Begalinis. Juk jis gyvena čia?

Bet moteris tikino, kad jokio žmogaus tokiu vardu ji nepažįsta.

- O gal galėtume pakalbėti su jūsų vyru? – maloniai paprašė Nemirtingasis.

- Žinoma. Atsiprašau, einu jo paieškoti.

Moteris uždarė duris ir mielu švelniu balsu kreipėsi:

- Eugenijau, ten, prie durų, kažkas nori su tavim pasikalbėti.

Jie tikriausiai nesitikėjo tiek daug lankytojų čia, laukuose. Ten aplinkui nebuvo matyti jokių namų ar kitų pastatų.

Išgirdome sunkius žingsnius žemyn laiptais, link mūsų. Duris atidarė jaunas vyras. Jis buvo visiškai nepanašus į Nemirtingąjį: šviesiai rudais plaukais, inkaro stiliaus barzda, kuri buvo madinga prieš šimtmečius. Niekada nepagalvočiau, jog tai vampyras. Gal Šokėjas supainiojo vietas ir mus atvedė ne į tą namą?

- Begalinis? – tyliai paklausė Nemirtingasis.

- Iš kur tu žinai mano vardą? – nustebo Eugenijus. – Šio vardo niekas nežino.

- Tai aš, Nemirtingasis.

- Broli! - sušuko vyriškis džiaugsmingai ir jiedu apsikabino.- Bet kaip tai įmanoma? Juk prabėgo šimtmečiai. Kaip tu sužinojai, kad aš buvau čia ir dar esu gyvas?

- Dabar nėra laiko aiškinti. Štai mano draugai: Šviesos Princas, Šokėjas ir Lana. Mums reikia tavo pagalbos, brolau.

- Kaip aš galėčiau jums padėti? Juk buvau išvarytas iš jūsų pasaulio...

- Aš esu Šviesos Princas, kilnusis Dievas, ir turiu teisę grąžinti tave į mūsų pasaulį, - paaiškino Princas.

- Aš esu išvarytas dėl to, kad yra pavojinga žmonėms, turintiems įvairių galių, būti su manim, nes aš negaliu, būdamas tarp jų, savęs kontroliuoti.

- Mes tikime, kad tu gali save kontroliuoti ir padėti mums įveikt Tamsos Valdovą. Jis planuoja sunaikinti Dangaus karalystę ir pats pasiskelbti Dangaus ir Žemės Karaliumi.

- Kokiu būdu galėčiau jums padėti? – paklausė Begalinis.

- Kiekvienas yra girdėjęs legendą apie tave ir apie tavo sūnų. Ten, mūsų pasaulyje, nėra nė vieno vyro ar moters, kurie nebijotų tavęs. Susitik su Tamsos Valdovu ir pasakyk, kad gali padėti jam tapti dar stipresniu. Privalai vesti jį tolyn nuo Dausų šalies ir įvilioti į spąstus, kur mes visi jo lauksime. Tu nesi stipresnis už jį, bet legenda pasakojama jau tiek laiko ir ją įvairiai perpasakoja tiek daug žmonių. Vienintelis Nemirtingasis žino tiesą, kas atsitiko su tavim ir tavo sūnum. Visi mano, kad turi galių, bet niekas nėra jų matęs. Visi įsitikinę, jog esi stipresnis už bet kurį ir kad net Tamsos Valdovas tavęs bijo.

- Jei tai padarysiu, norėčiau turėti teisę gyventi tarp jūsų ir neslėpti, kas esu. Aš nenoriu turėti kitos moters, o tik tą, kurią pamilau. Nenoriu, kad mano žmona numirtų.

- Sutarta, - tarė Princas. – Bet turime skubėti, eime. Grįžkime paimti tavo žmoną.

Begalinis ir visi kiti įsitvėrė į Šokėją ir akimirksniu atsidūrėme savo kaime. Ugnius kaip tik baigė visiems aiškinti, ką planuoja Tamsos Valdovas. Nė vienas nepažino Begalinio, nes nė vienas anksčiau nebuvo jo matęs. Mes nutarėme žmonėms nieko nepasakoti. Beveik visi vyrai sutiko padėti mums kovoti su Tamsos Valdovu ir apginti ne tik save pačius, bet ir Dangų. Princas pasakė, kaip vertina kiekvieną, kuris nutarė eiti, ir nesmerkia tų, kurie pasilieka.

Blyksnis mums parodė, kur yra Tamsos Valdovas, ir Šokėjas visus perkėlė netoli jo. Ugnius sugalvojo planą, kaip padaryti, kad Begalinis atrodytų pilnas galių:

- Iliuzioniste, pasistenk, kad atrodytų, jog link Tamsos Valdovo eina vyrai, apdovanoti stebinančiomis jėgomis, be galo stiprūs. Begalinis juos puls ir visus pavers dulkėmis. Tai padarys didžiulį įspūdį Tamsos Valdovui ir jis paklaus Begalinio, iš kur tiek stulbinančių galių šis turi. O kai tik jis pradės domėtis tavimi, sudaryk su juo sutartį apie stulbinančių galių įgijimą.

Tas planas skambėjo įtikinamai. Nemirtingasis truputį jaudinosi dėl savo brolio, tačiau Begalinis neatrodė išsigandęs.

- Aš tai nesunkiai atliksiu, - pasakė jis.

Kaip ir buvo numatyta Ugniaus plane, Iliuzionistas padarė taip, jog atrodė, kad prie Tamsos Valdovo artinasi būrys vyrukų. Kai jie visi sustojo, Tamsos Valdovas paklausė:

Atėjote prisijungti prie mūsų?

- Mes žinome, kas tu esi, ir tavęs nebijome,- tarė vienas iš būrio.

Tamsos Valdovas atrodė įsiutęs, kai pakėlė ranką juos sunaikinti, bet nieko padaryti neįstengė.

- Kaip tai įmanoma? – suklykė jis iš pykčio.

- Cha, cha, cha ! Tavo galios yra bejėgės prieš mus,- pasakė kitas vaikinas itin griežtu balsu.

Kai Tamsos Valdovas vėl nevykusiai bandė juos sutriuškinti, staiga čia iš kažkur pasirodė Begalinis ir šluote nušlavė vyrus, stovėjusius būrio priekyje.

- Kas tu esi?- paklausė Mirtis.

- Mano vardas Begalinis. Argi nesate apie mane girdėję?

- Begalinis? Bet to negali būti, - nustebo ji.

- Begalinis pažiūrėjo į Tamsos Valdovą ir tarė:

- Tikriausiai tu esi Tamsos Valdovas, apie kurį visi kalba.

- Bet argi tu nesi ištremtas iš šio pasaulio?

Jis nežinojo, kad Begalinis išvis egzistuoja, nes buvo tik girdėjęs savo tėvo pasakojimą, jog Begalinis ir jo sūnus yra galingos žudančios mašinos.

- Aš buvau išvytas prieš šimtus metų. Bet kitas pasaulis turėjo jėgų, kurių mums stigo. Aš nužudžiau tūkstančius nekaltų vyrų ir moterų ir įgijau daug jėgų iš kiekvieno, kurio gyvybę atėmiau. Tapau toks galingas, kad jokie burtai negalėjo manęs sulaikyti. Kai radau savo kelią į šį pasaulį, apkeliavau jį per metų metus ir prisivogiau daug galių iš žmonių. Grįžau į kaimą, kuriame gyvenau prieš tūkstančius metų, kad nušluočiau jį nuo žemės paviršiaus, bet kažkas jau buvo prieš mane tai padaręs. Aš spėju, kad tai tu.

- Taip. Jie buvo silpni. Vienas iš mano vyrų, vardu Ugnius, vienui vienas viską sunaikino, - pasakė Tamsos Valdovas, išdidžiai iškėlęs galvą.

- Jo galia atrodo viliojamai, - susidomėjo Begalinis, - aš galėčiau ja pasinaudoti.

- Tu man patinki, nes esi linksmas vyrukas, Begalini.

- Kur jūs einate? – paklausė šis ir pridūrė: - O, tai tiesa, aš galiu tik skaityti tavo mintis, buvau apie tai pamiršęs. Ar tu tikrai žinai kelią į dausas, ar ne?

Tamsos Valdovas tylėjo, nustebintas Begalinio gebėjimų. O šis toliau gundė:

-   Tu gali suniokoti dausas ir būti viso pasaulio – Gėrio ir Blogio – viešpačiu. Bet tu niekada nebūsi stipriausias vyras.

Tai pasakęs Begalinis nusijuokė, tuo įsiutindamas Tamsos Valdovą.

- Gerai, sėkmės tame darbe, - palinkėjo Begalinis ir apsisukęs pradėjo eiti tolyn.

- Palauk!. Grįžk! Aš noriu žinoti, kaip tapti stipriausiam iš visų gyvų sutvėrimų. – sušuko Tamsos Valdovas.

Atrodė, kad jis įsižeidė, pavadintas silpnu.

- Tikroji paslaptis, kaip atskleisti visas savo jėgas, gali būti per daug pavojinga tau ir tavo vyrams. Tik geriausi kariai yra pajėgūs pasinaudoti daugelio kitų galiomis.

- Paimk ten mus, mano ištvermingiausius karius ir aš padarysiu viską, kad būčiau stipriausias iš visų padarų.

- Kodėl turėčiau tau padėti? – paklausė Begalinis.

- Tai reiškia, kad tu jau kažką turi mintyse?

- Kai tu tapsi daug galingesnis ir viešpatausi Danguje ir pragare ir visame šiame pasaulyje, aš norėčiau būti atsakingas už visus kitus pasaulius, į kuriuos nebūsi įžengęs.

- Tie pasauliai man nereikalingi. Tu gali valdyti taip ilgai, kiek ilgai aš būsiu nenugalimas. Duodu tau garbės žodį, - žadėjo Tamsos Valdovas.

- Sutarta. Eime, - sutiko Begalinis.

Tai nuskambėjo kaip komanda, o Begalinis atrodė įsitempęs, kai pasakė:

- Visi eikite paskui mus.

- Nebūtina imti visų vyrų. Aš įsidėmėjau kryptį į tą vietą, kur galėsiu atidaryti vartus tarp pasaulių per keletą sekundžių.

- Mirtie, Transporte, Traiškytojau ir Spąstai, eikite su mumis. Kiti pasilikite ir laukite mūsų sugrįžtant.

- O kaip Bučinė ir aš? – piktai paklausė Nuostolis.

- Bučinė neteko savo vyro, o tu – geriausio savo draugo. Aš norėčiau pasiimti jus abu, bet iš tiesų jūs dabar per silpni ir per kvaili, - atkirto Tamsos Valdovas.

- Mes buvome tau ištikimi, o tu...

Tačiau Bučinė pertraukė jo priekaištus:

- Viskas gerai, Nuostoli. Pasilik ir padėk man saugoti vaikus.

Atrodo, ji suprato , kad tai buvo planas jos vyro, kurį visi laikė žuvusiu.

- Užteks dramatizuoti,- tarė Begalinis. – Ar jau visi pasiruošę eiti?

- Taip, rodyk kelią.

Mes nuo jų buvome apie gerą kilometrą, todėl jie turėjo pasirodyti maždaug po dešimties minučių. Kai jie nutolo nuo savo grupės ir priartėjo prie mūsų, Begalinis sustojo, o už jo – ir kiti. Jis pakėlė rankas ir kažką sumurmėjo. Tada Iliuzionistas padarė taip, lyg Begalinis atvėrė vartus į kitą pasaulį. Šis pasaulis labai skyrėsi nuo manojo, bet nebuvo panašus ir į jokį kitą. Begalinis žengė į šį tariamąjį pasaulį. Iš pradžių Tamsos Valdovas atrodė nepatiklus, išsigandęs. Jis iš lėto žengė į šią iliuzinę erdvę, o vyrai sekė iš paskos.

Kai jie buvo viduje, Šokėjas pergabeno mus visus tiesiai prieš Begalinį. Aš laikiau Paslaptį už rankos, taigi mes abi buvome nematomos, bet galėjome matyti, kas vyksta.Dangus buvo šviesiai rožinis, už horizonto leidosi saulė. Ten vienoje pusėje stūksojo aukšti kalnai, kitoje – plokščia lyguma. Nesimatė nei medžių, nei žolės, atrodė, kad esame vidury dykumos, tik be smėlio. Grindinys buvo kietas, lyg daug mėnesių be lašelio lietaus. Tai, kad galėjome kvėpuoti, atrodė kaip iliuzija.

Šviesos Princas atsistojo šali Ugniaus ir Begalinio. Tamsos valdovas pamatė, kad jis pateko į spąstus: jis ir jo vyrai apsupti, o išeiti kelio nebuvo.

- Ugniau, tu išdavei mus! - sustaugė įsiutęs.

- Ne, aš suklaidinau tave. Aš niekada neišduočiau savo šeimos.

- Tu daugiau nė vieno nenuskriausi, - griežtai pasakė Princas.

- Tu! Aš turėjau pribaigti tave, kai buvai dar kūdikis!

Jis darėsi vis piktesnis ir grėsmingesnis ir atrodė supykęs ne tiek ant Šviesos Princo ar Ugniaus, kiek ant savęs.

- Aš esu Tamsos Valdovas ir nebijau nė vieno iš jūsų!

Jis pradėjo rėkti:

- Pulkite!

Mirtis ir Transportas suprato, kad jie per silpni kovoti prieš tokią daugybę. Traiškytojas ir Spąstai nenorėjo, kad meistras jais nusiviltų, todėl nutarė pulti.

Traiškytojas puolė Princą, bet kai atsidūrė šalia jo, šis pranyko ore. Mintis žinojo Spąstų galią, todėl, supratusi, kad jis sumanė kažką įvilioti į pinkles, pasiuntė signalą į jo galvą, ir Spąstai įkliuvo į savo paties pinkles. Transportas stvėrė vieną Tamsos Valdovo ranką, Spąstai – kitą ir visi trys išnyko.

- Laikykitės už manęs!. Visi! - sušuko Šokėjas. – Aš žinau, kur jie bėga.

Mes įsitvėrėme į Šokėją ir jis nuskraidino mus į lauką, kur visi mūsų priešai laukė grįžtančio Tamsos Valdovo. Jis jau buvo čia. Aš pradėjau dairytis aplink, tikėdama pamatyti Angelą, bet minioje jo nemačiau.

- Ugniau! - džiaugsmingai sušuko Bučinė. – Žinojau, kad esi gyvas.

- Pasiduok, Tamsos Valdove, - tarė Ugnius.

- Niekada!.

Tamsos Valdovas pakėlė rankas ir dangus pajuodo, buvo tamsiau už tamsiausią naktį.

- Mūsų daugiau negu jūsų! - šūktelėjo kažkas iš mūsų būrio. – Jūs, aišku, turite keletą stiprių vyrų ir moterų, bet pas jus yra ir mažų vaikų, kurių mes nenorime sužeisti.

- Mes visi kovosime iki mirties! - šaukė vienas iš jų pulko.

- Tylos! - sušuko Tamsos Valdovas. – Tylos!

Tyla truko keletą minučių.

- Mirtis, Nuostolis ir aš kovosime su trimis iš jūsų. Nugalėtieji pasiduos ir taps karių vergais.

- Aš nekovosiu prieš Ugnių, - pasipriešino Nuostolis, stipriai treptelėdamas koja į žemę.

- Aš nenoriu, kad kuris nors iš mano vyrų atsidurtų pavojuje. Aš kovosiu prieš tave vienas, - ryžtingai tarė Princas.

Jis žinojo, kad Tamsos Valdovas vėl gali imtis apgaulės, kaip ir kovodamas su jo tėvu, bet jis neturėjo kito pasirinkimo. Tai buvo vienintelis būdas apsaugoti žmones.

- Aš kovosiu kartu su tavim, - tarė Ugnius.

Mirtis ir Ugnius buvo priešai nuo seno. Jiedu visada ginčijosi ir atrodė, lyg būtų pasiruošę vienas kitam perkąsti gerklę. Seniai būtų nužudę vienas kitą, jei tik būtų buvęs tinkamas momentas.

- Tegul tai būna garbinga kova iki kapituliacijos ar mirties,- tarė Princas.

- Aš nužudysiu tave, kaip paskerdžiau tavo tėvą!..

Mes visi stovėjome vienoje ilgoje eilėje prieš savo priešus. Princas ir Ugnius žengė pirmyn, link lauko vidurio. Tamsos Valdovas ir Mirtis padarė tą patį. Jie sustojo maždaug dešimt metrų vienas prieš kitą. Princas stovėjo veidu į Tamsos Valdovą, Ugnius – prieš Mirtį. Nė vienas nežinojo apie kito galias ir išvis nieko nenutuokė vienas apie kitą. Čia galiojo tik dvi taisyklės: joks kitas negalėjo įsikišti į kovą ir kovojantys negalėjo vienas kitam padėti. Pirmieji į kovą stojo Ugnius ir Mirtis, o po jų - Šviesos Princas turėjo kovoti su Tamsos Valdovu.

Mirtis neatrodė išsigandusi Ugniaus, o jaunuolis nebijojo Mirties. Mirtis negalėjo nužudyti asmens vienu prisilietimu. Bet mirtinas pavojus grėsė tam, kuris pažvelgdavo jai į akis. Mirtis galėjo pažiūrėti į savo priešo sielą ir kiekvienam, kurį ji sužeistų, sukelti baisų skausmą.

Ugnius taip pat turėjo stebinančių galių.

Aš jaudinausi dėl Ugniaus. Prieš tai jis buvo daug kartų kovojęs dėl savo gražuolės žmonos ir dviejų mažų vaikelių.

Kova prasidėjo. Mirtis buvo aukšta ir galinga. Ji nustvėrė Ugnių ir stengėsi pažiūrėti jam į akis. Ugnius nejudėjo, jo akys buvo užmerktos, lyg jis būtų miegojęs. Po keleto minučių buvo galima pamatyti, kad ten, kur Mirtis uždėjo rankas, Ugniaus oda pradėjo juoduoti. Kiekvienam buvo aišku, kokias kančias jam tenka kęsti.

- Paleisk jį, paleisk jį! - suklykė bučinė, kai Mirtis ėmė artintis prie jos.

- Ne! - skausmingu balsu ištarė Ugnius.

Atrodė, kad jo gyvybė gęsta: abi rankos buvo pajuodusios, ta pati spalva ėmė ženklinti jo kaklą.

- Tėveli! - staiga sušuko mažoji mergytė. – Tėveli! - vėl kartojo ji.

Mergaitė galėjo būti apie šešių mėnesių amžiaus.

Kai Ugnius išgirdo pirmuosius savo kūdikio žodžius, jo viduje blykstelėjo lengva ugnelė. Jis visas paskendo liepsnose.

Mirtis paleido Ugnių, jos rankos buvo apimtos liepsnos, atrodė išsekusi. Stengdamasi nužudyti Ugnių, privalėjo įgauti daugiu jėgų. Tuo tarpu Ugniaus rankų spalva iš juodos pamažu virto normalia ir jis galėjo jas pakelti. Stvėręs Mirtį už gerklės, pakėlė ją aukštyn. Jo rankos liepsnojo ir ugnis iš lėto jo ranka slinko link Mirties gerklės. Kai pasiekė ir jos rankas, Mirtis sušnabždėjo:

- Pasiduodu...

Nors Mirtis prisipažino nugalėta, Ugnius buvo per daug įpykęs, kad paleistų ją iš karto.

- Meldžiu, viskas baigta, tu laimėjai.

- Tėveli, - vėl nuskambėjo švelnus mažosios balselis, kuris, atrodė, sugeba kontroliuoti Ugnių. Jis atpalaidavo savo rankas ir Mirtis susmuko ant grindinio. Ant jos kaklo buvo galima pamatyti nudegimo žymių.

- Baigta. Tu pralošei, - pasakė eidamas nuo jos nugalėtojas.

Ugnius žengė prie kūdikio, kuris tiesė į jį savo rankutes, laukdamas, kol jį pakels. Buvo galima suprasti, kad Ugnius dar jaučia didelį skausmą. Prisiartinęs prie dukrytės, suklupo ant kelių. Mažutė ėmė verkti ir Ugnius vėl įgijo jėgų. Jis atsistojo ir paėmė dukrytę ant rankų. Ši liovėsi verkusi: pasijuto saugi kaip mažas paukštelis po motinos sparnu. Bučinė pakėlė kitą vaikutį ir atsistojo šalia vyro. Malonu buvo žiūrėti į tokią laimingą šeimą. Ugnius pabučiavo žmoną ir vaikučius į kaktą.

- Aš jus myliu,- sušnibždėjo savo vaikų motinai, - Daugiau niekada jūsų nepaliksiu. Visada būsiu su tavim ir mūsų mažyliais.

Bučinė nusišypsojo ir prigludo prie vyro.

Dabar atėjo laikas Šviesos Princui stoti prieš Tamsos Valdovą. Mačiau, kad Princas nervingas ir išsigandęs, bet jis žinojo esąs vienintelis, kuris privalo įveikti Tamsos Valdovą.

- Tu gyvas neliksi, tu mirsi kaip ir tavo tėvas.

Tamsos Valdovas buvo įsitikinęs, kad jis nugalės Princą be didelių pastangų. Mat jis nenumanė, kad Šviesos Princas jaunas ir jo galios stipresnės nei buvo jo tėvo. Princas jėgų įgijo iš žmonių, kurie jį supo. Jis turėjo tokių gebėjimų, apie kuriuos ir pats nežinojo.

Kova prasidėjo. Tamsos Valdovas pašoko pirmas ir smogė Princui.

Dangus buvo juodas, žaibavo.

Nuo smūgio Princas vos galėjo pajudėti. Mums visiems buvo aišku, kad Tamsos Valdovas nenorėtų palikti savo priešo gyvo, nes tada pralaimėtų. Jis žengė žingsnį atgal ir nusijuokė.

- Atsigręžk! - surikau aš.

Princas pasuko galvą atgal ir už savęs pamatė tris velnius. Jie atrodė kaip milžiniški šunys – trumpas pilkas kailis, žėrinčios kaip alkanų vilkų akys. Iš plačiai išžiotų snukių tekėjo seilės, smaili aštrūs dantys galėjo vienu įkandimu mirtinai sužaloti bet ką. Jų krūtinės buvo milžiniškos, o ilgi aštrūs nagai kaip skustuvai. Visi trys šėtonai kartu puolė Princą ir partrenkė ant žemės.

Viską apgaubė tokia tamsa, kad negalėjai nieko pamatyti. Tada pasigirdo šiurpą keliantis, pilnas kančios staugimas. Galėjai išgirsti kaulų traškėjimą ir užuosti kraujo kvapą. Vėl sužaibavo ir galėjai išvysti Princą, apsipylusį krauju. Jo marškiniai buvo sudraskyti, krūtinė subraižyta. Šunys gulėjo ant žemės ir nejudėjo.

Tamsos Valdovas neatrodė praradęs energijos, išsikviesdamas laukinius šunis, o tuo tarpu Šviesos Princas buvo išsekęs, be to, praradęs daug kraujo. Kiekvienam iš mūsų buvo skaudu ir šiurpu žiūrėti, kaip jis kaunasi už mus visus. Labai norėjau jam padėti, bet žinojau, kad jokiu būdu negaliu to padaryti: aš nebuvau pakankamai stipri, o ir jis nenorėtų kad kiščiausi. Tamsos Valdovas parodė į žemę, kur stovėjo Princas. Šis pažvelgė žemyn, kur kažkas supančiojo jo kojas. Stengėsi pajudėti, bet negalėjo ištraukti savo pėdų. Jis pradėjo smigti žemyn ir greitai galėjo dingti nuo žemės paviršiaus.

- Tai reiškia, kad viskas, kas buvo tavo, dabar priklauso man! - džiūgavo Tamsos Valdovas.

Negalėjau patikėti, kad tai jau pabaiga. Niekados negalėsiu grįžti į savo namus, niekados nebepamatysiu nei Eli, nei savo tėčio...

Visi stovėjo lyg stabo ištikti ir nė vienas nepratarė nė žodžio.

- Žiūrėkit! - sušuko kažkas iš minios.

Žemė pradėjo judėti ir iškėlė Princą į viršų. Jis atrodė įniršęs, kad negali nieko padaryti Tamsos Valdovui, bet neketina pasiduoti.

- Dar tau ne gana? – paklausė Tamsos Valdovas.

- Cha, cha, cha! - nuskambėjo juokas.

- Kas čia juokinga? – pyko tariamasis nugalėtojas.

- Tu esi silpnesnis, nei aš maniau, - suniekino jį Šviesos Princas.

Neįsivaizdavau, ką jis planuoja padaryti savo didžiausiam priešui be rodomos jam neapykantos.

- Ir tai viskas, ką tu gali? – tęsė jis toliau.

Tamsos Valdovas pakėlė rankas, bet nieko neatsitiko. Dangus pradėjo blaivytis, darėsi vis šviesiau. Nelabasis pažiūrėjo į savo rankas ir paklausė:

- Ką tu padarei?

- Tavo jėgos bevertės – atsakė Princas.

Šėtonas vėl stengėsi kažką padaryti, bet jam nesisekė. Atrodė, kad jis prarado visas savo antgamtines jėgas.

- Man nereikalingos mano galios. Aš galiu ir be jų užbaigti su tavim, - murmėjo jis.

Tamsos Valdovas koneveikė Princą. O mūsų gynėjas buvo susikaupęs, kad išlaikytų priešo galvoje paslėptas jo galias ir tas negalėtų jomis pasinaudoti. Tamsos Valdovas trenkė Princui. Šis parkrito, bet greitai vėl atsistojo. Šėtonas kirto jam dar ir dar kartą. Princas, partrenktas ant žemės, vėl pakilo, bet gavęs smūgį, susmuko, lyg būtų praradęs jėgas. Negalėjau žiūrėti – tai buvo per daug brutalu. Princo nosis atrodė sulaužyta ir kraujas veidu tekėjo žemyn.

- Sustabdykti tai! - sušukau žengdama link jų.

- Nedaryk to!

Paslaptis čiupo mano ranką ir patraukė atgal.

- Tu ten nieko negali padaryti.

Kai Princas atsikėlė, Tamsos Valdovas smogė jam po krūtinkauliu, tiesiai į saulės rezginį, ir Princas atsikosėjo krauju. Jis gulėjo ant žemės ir iš visų jėgų stengėsi atsistoti ant kojų. Tamsos Valdovas pasilenkė prie jo ir bandė dusinti pagriebęs už gerklės. Staiga netiketai Princas uždėjo rankas ant Tamsos Valdovo veido ir ten pasirodė ryški liepsna. Princas pasiėmė kažkiek savo priešo energijos, o šis rankomis užsidengė veidą ir suklupo ant kelių. Kai jis pasuko tą veido pusę, kuri degė, buvo galima pamatyti iš odos išlindusį skruostikaulį.

- Ar pasiduodi? – paklausė Princas.

- Niekados! - skausmingu balsu garsiai sušuko Tamsos Valdovas.

Jis klūpojo ant žemės . Kai bandė pakilti, Princas smogė jam į krutinę ir šis krito atgal.

Dangus buvo aiškus, ryškus. Atrodė, kad Saulė Princui teikė vis daugiau ir daugiau energijos.

Tamsos Valdovas griebė Princui už kojų, norėdamas jį parversti ant žemės, bet vos tik jis prisilietė, jo rankos užsidegė, lyg būtų palietusios kažką pavojingai liepsnojančio. Jis suriko iš skausmo. Princas leido Tamsos Valdovui atsistoti, o šis tuoj pat bandė kirsti, bet buvo jau ne toks greitas. Per tą laiką, kol jis svyravo, Princas jau buvo šalia. Jis apglėbė Tamsos Valdovo kaklą ir priglaudė savo rankas prie jo veido. Tamsos Valdovas turėjo pajusti karštį, kuris sklido iš Princo rankų, kai šis priartino jas prie jo snukio.

- Pasiduodu, - tyliai sumurmėjo nugalėtasis.

- Pasakyk tai garsiai, kad kiekvienas išgirstų, - reikalavo Princas, priartinęs rankas prie priešo veido.

- Pasiduodu ! - suklykė tas iš baisaus skausmo. Šviesos Princas nenorėjo palikti Tamsos Valdovo gyvo dėl visų piktadarybių, kurias šis buvo padaręs, bet jis buvo garbingas. Dar kartą prispaudė tą šėtoną prie žemės ir nuėjo šalin.

- Dabar jūs esate laisvi, bet daugiau nesaugosite šito monstro. Tie, kurie norite pradėti naują gyvenimą, eikite su manim ir pradžiuginkite mano šeimą. O jeigu nenorite būti su mumis, esate laisvi ir galite išvykti bet kuriuo metu. Likusiems su mumis aš prižadu maistą ir saugumą.

- Šis vyras apgynė mano ir mano šeimos gyvybę,- tarė Ugnius, priėjęs prie Šviesos Princo. – Aš prašau visų jūsų pradžiuginti jį. Jūsų ateitis bus šviesi, jeigu būsite šalia Princo ir jo didžiulės šeimos, kuri padėjo man daug kartų.

Princas apkabino Ugnių ir pasakė esąs labai dėkingas, kad rizikavo savo gyvybe ir išgelbėjo jo šeimą jau du kartus. Padėkojo jam už pagalbą nugalint vyrą, kuris nužudė Princo tėvą ir praliejo daugybės nekaltų žmonių kraują.

Princas pasuko link Tamsos Valdovo, kai pamatė šį kalbant su Ugniumi.

- Mirk! - suriaumojo Tamsos Valdovas ir metė kažką į Princą. Ugnius nustūmė Princą ir juodas kamuolys kirto jo krūtinę. Smūgis nubloškė Ugnių apie dešimt metrų. Princas pašoko nuo žemės ir kai jis pakėlė savo rankas, Tamsos Valdovas paskendo liepsnose. Bučinė nubėgo prie Ugniaus, aš taip pat.

- Gydytoją! - šaukė ji, bet niekas minioje nepajudėjo. Visi, šoko ištikti, stovėjo ir negalėjo suvokti, kas čia atsitiko.

Kai Ugniaus įkvėpimai tapo agoniškai skausmingi ir pavojingai trumpi, aš supratau, kad jo plaučiai pradėjo bliukšti. Kiekvienas jo įkvėpimas buvo toks šiurpus, lyg į plaučius būtų įsmeigtas peilis. Kadangi jis buvo netekęs daug kraujo, kūną pradėjo tampyti mėšlungis ir jis ėmė prarasti sąmonę. Po keleto akimirkų jo vidaus organai nustojo dirbti. Ugnius gulėjo ant savo žmonos rankų ir negalėjo pajudėti, jo akys pamažu merkėsi, lyg atsisveikintų su šiuo pasauliu. Dar kelios sekundės ir Ugniaus širdis liovėsi plakusi, kvėpavimas nutilo.

Visi sustojo aplink Bučinę ir Ugnių tylėdami, tik akys išdavė skausmą. Ten nebuvo nieko, kas galėtų sustiprinti ir padėti iškęsti netektį Bučinei ir jos vaikams. Princas atsisėdo ant žemės ir apkabino nelaimingąją per pečius.

Negalėjau žiūrėti, kaip Ugnius, taip garbingai saugojęs ir gynęs mūsų gyvybę, miršta už mus visus. Kritau ant kelių, o ašaros tekėjo mano skruostais. Aš tikėjau stebuklu, kad tie žmonės, turintys tiek antgamtinių galių, bus stipresni už mirtį, ypač kad tos mirties Ugnius neužsitarnavo.... jis taip troško gyventi dėl mylimosios ir šeimos...

Ėjau aplink ieškodama Angelo, bet negalėjau niekur jo rasti.

- Angele, kur tu?

Jokio atsako.

- Angele! - sušukau garsiau.

Prie manęs priėjo vyras ir uždėjo ranką man ant peties.

- Jis išvytas, - pasakė.

Aš nenorėjau juo tikėti. Buvau prižadėjusi Angelui, kad jį išvaduosiu, bet, matyt, nepavyko.

- Tamsos Valdovas norėjo juo pasinaudoti, kad atidarytų savo valdas tarp dviejų pasaulių, bet kai suprato pakliuvęs į spąstus, berniuką nužudė.

- Ne, tu meluoji! -Trenkiau vyrui į krūtinę, bet jis nepajudėjo ir nieko nedarė.

- Mirtis buvo staigi ir jis nieko nepajuto,- pridūrė nepažįstamasisi.

Kai aš pradėjau verkti, jis atsargiai apkabino mane ir pareiškė užuojautą:

- Jis buvo šaunus berniukas. Jis darė viską, kad sustabdytų Tamsos Valdovą.

Skaudu buvo patikėti, kad Angelas iš tiesų tuo metu buvo išvytas ir kad aš niekada negalėsiu jam papasakoti to, ką norėjau pasakyti prieš kurį laiką, papasakoti apie šios dienos įvykius...

Šiandien mirė du šaunūs vyrai – Angelas ir Ugnius. Jie abu siekė, kad šis ir mūsų pasaulis būtų geresni...

XI SKYRIUS
REIKALAI KEIČIASI

Slinko dienos po Ugniaus žūties. Bučinė išgyveno skaudų praradimą ir jautėsi sukrėsta. Nuostolis stengėsi daryti viską, kad tik padėtų jai ir jos vaikams. Dauguma žmonių, kuriuos valdė Tamsos Valdovas, dabar perėjo į Princo šeimą. Jie pradėjo statytis nuosavus namus ir kaimelis išaugo į didelį miestą. Ugniaus kūnas buvo palaidotas naujose kapinėse, o paminklas jam padarytas iš kristalo. Šalia vardo buvo graži žmonos Bučinės epitafija: "MEILĖ - tai viena siela, gyvenanti dviejuose kūnuose. Mano meilė Tau bus amžinai gyva."

Buvo matyti, kad kiekvienas įsikūrė naujoje gyvenvietėje ir man atėjo laikas grįžti pas savo tėvą. Gydytojo dėka sugijo Princo nosis ir kitos jo žaizdos. Buvo nelengva po viso to, kas įvyko, atsisveikinti su kiekvienu, bet žinojau, kad greitai vėl visus pamatysiu. Pakalbėjau su Bučine apie Ugniaus didvyriškumą, padėjusį apsaugoti visus šiuos žmones, ir pasakiau, kad jis buvo šauniausias iš visų vyrų, kuriuos man teko pažinti. Ji sielvartavo, bet buvo įsitikinusi, kad Ugnius dabar Danguje ir mato ją iš aukštybių. Aš pati norėjau rėkti iš skausmo ir pykčio, kad neturėjau jokios galimybės išsaugoti Angelą.

Princas ir Paslaptis palydėjo mane iki vartų, kur Radžis ir Laikas manęs jau nekantriai laukė. Apkabinau Paslaptį ir pasakiau:

- Dėkoju už viską, ką esi man padariusi. Niekados tavęs nepamiršiu.

- Ne, tai aš dėkoju tau, kad padėjai suvokti man dalykus, apie kurių buvimą nieko nežinojau. Labai užjaučiu dėl tavo draugo.

Princas priėjo prie manęs ir buvo bepradedąs kažką sakyti, bet aš jį pertraukiau:

- Visų pirma leisk man išeiti. Labai atsiprašau, kad sukėliau tiek nemalonumų ir pavojų tau ir tiems, kuriuos myli. Pati nežinau, ką galvojau, sudarydama sutartį su Keitėju... Atleisk!

Nusiėmiau savo motinos karolius.

- Norėčiau, kad tu juos turėtum. Tai primins mane ir saugos tave, kaip kad mane tai saugojo tiek metų.
Padovanojau jam gintaro vėrinį kaip dėkingumo ženklą už viską, ką jis yra dėl manęs padaręs.

- Tu išmokei mane suprasti gyvenimo vertę. Iš tavęs išmokau išsivaduoti iš baimės bei prietarų. Prieš pažindama tave, aš buvau pasiklydusi savame pasaulyje ir neturėjau beveik nieko, kuo galėčiau pasitikėti, bet dabar turiu tave ir tavo šeimą – žmones, su kuriais galiu bendrauti.

- Galbūt tu ir sukėlei mums daug rūpesčių, bet buvai drąsi ir mane guodei, kai aš kentėjau dėl mylimosios mirties. Tu gal net neįsivaizduoji, kad man padėjai daugiau nei aš tau. Esi laukiama šiame pasaulyje visada. Turi raktą tarp abiejų pasaulių, todėl prašau mūsų nepamiršti ir dažnai aplankyti, - tarė Princas ir atsisveikindamas apkabino mane.

Kai išėjau pro vartus, jie iš lėto užsivėrė.

Radžis manęs paklausė, kas atsitiko, ir aš jam viską papasakojau. Nuo to laiko, kai palikau namus, nebuvo praėjusi net viena diena. Mano tėtis netgi nesuprato, kad buvau dingusi. Nepasakojau jam nieko apie tai, kur buvau ir kokį pavojų teko patirti. Jis atrodė taip pat gerai, kaip ir man išvykstant. Buvo jau vėlu, todėl nusprendžiau paskambinti Eli iš rytoj. Keletą dienų teko ištverti be poilsio, tad užmigau, vos priglaudusi galvą prie pagalvės.

Praėjo trys savaitės nuo to laiko, kai buvau kitame pasaulyje. Kiekvienas daiktas čia, namuose, man atrodė mielesnis nei anksčiau.

Mudu su Eli iš tiesų tapome artimi. Jis mane pakvietė kartu nueiti į šokių vakarą jo mokykloje. Nekantraudama laukiau, kada vėl galėsiu su juo pašokti. Žinojau, kad ateinanti naktis bus maloniausia iš visų mano gyvenimo naktų. Tėvelis jautėsi sveikas ir nebuvo jokių vėžio ženklų. Aš net negalėjau svajoti apie geresnį gyvenimą. Visa širdimi tikėjau, kad pagaliau radau berniuką, kuris visada buvų šalia, ir tai padėjo man išgyventi Angelo mirtį. Eli buvo puikus pašnekovas ir visada padėdavo rasti geriausią išeitį iš mano problemų. Mano tėvui jis patiko ir jiedu tapo geriausiais draugais, visada sutardavo, kartu žiūrėdavo videofilmus. Kartais atrodydavo, kad tėvas daugiau laiko praleidžia su Eli nei su manim, bet aš tuo džiaugiausi, nes be manęs ir Eli jis nieko daugiau neturėjo. Kolegijoje man sekėsi – gavau geriausius vertinimus iš visų savo programos dalykų. Labai norėjau aplankyti Princą ir Paslaptį, bet nebuvo rimtos priežasties juos trukdyti. Prižadėjau pasveikinti Princą per jo gimtadienį, kuris bus jau rytoj. Norėjau jam ką nors padovanoti, bet žinojau, kad negaliu nieko įnešti į kitą pasaulį.

Radžis atvyko iš pat ryto ir paklausė, ar esu pasiruošusi.

- Daugiau nei kada nors, - atsakiau nusišypsojusi.

Labai jaudinausi žinodama, kad pamatysiu visus savo draugus, kurių taip pasiilgau. Nekantraudama laukiau pasimatymo su Princu ir Paslaptimi.

- Aš girdėjau, - tarė Radžis, - kad Begalinis ir jo žmona nusprendė iškeliauti į kitą pasaulį.

- Džiaugiuosi dėl jo. Šimtus metų laukė ir pagaliau vyksta namo.

Šypsojausi žinodama, kad viskas susiklostė gerai ir grįžta į savo vietas.

Mes įžengėme pro vartus. Čia Paslaptis jau laukė mūsų.

- Labai tavęs ilgėjausi, - tarė ji, nuoširdžiai mane apkabindama.

Šioje vietoje visada jaučiausi kaip namie. Kiekvieną kartą, kai atvykdavau į šį pasaulį, visi mane sutikdavo šiltai. Net žinodami, kad dėl mano kaltės buvo patekę į pavojų, jie visada buvo pasiruošę padėti, jei man to prireiktų.

Miestelis atrodė daug gražesnis nei prieš tai. Jie baigė įrengti visus pastatus ir parkus. Ypač mane džiugino tai, kad Princas atrodė tvirtas ir sveikas.

- Atsiprašau, kad atėjau be jokios dovanos

- Tu atėjai pati kartu su Radžiu, o tai ir viskas, ko aš norėjau, - tarė Princas šypsodamasis.

Neabejojau, kad jam buvo malonu matyti mus, kaip ir mums jį. Radžis taip pat nenuobodžiavo. Pastebėjau, kad jiedu su Laiku gerai sutarė.

Visas miestelis susirinko su mumis pabendrauti. Bučinė vis dar buvo liūdna dėl savo vyro netekties, bet Nuostolis niekada jos nenuvylė. Visada, kai tik reikėdavo jai pagalbos dėl vaikų, jis būdavo šalia. Džiaugiausi, kad Ugnius turėjo tokį gerą draugą, kuris ir jam žuvus rūpinosi jo šeima.

Diena bemat prabėgo, artinosi naktis. Atėjo laikas mums grįžti namo. Buvo džiugu, kad Princo šeima tapo didesnė ir stipresnė. Visi jie atrodė laimingi, būdami kartu ir vieni kitų niekada nenuvylę.

- Aš norėčiau, kad ir mūsų pasaulis būtų kaip šis, - tariau Radžiui, kai vartai už mūsų užsivėrė.

- Ne tu viena taip manai,- pasakė Radžis nusišypsojęs.

ALTERNATYVI PABAIGA

... Buvo jau rytas ir aš nusileidau žemyn. Mano tėtis gulėjo ant grindų, o ant jo krūtinės buvo padėtas raštelis: „ Jeigu nori, kad tavo tėtis ir Angelas gyventų, ateik ir susirask mane. Lauksiu.“

Išbėgau laukan ieškoti pagalbos, bet kai durys užsidarė, negalėjau susivokti, kur esu. Apsisukau atgal ir pamačiau Begalinį, stovintį ten, kur buvo mano namai.

- Ką tu čia veiki? – paklausiau.

- Man reikia tavo pagalbos. Tamsos Valdovas apsigyveno manyje.

- Ką? Tai neįmanoma, juk visi matėme jį mirštant...

- Jis gali gyventi persikeldamas iš vieno kūno į kitą. Tu turi surasti ir nužudyti mane, kol nevėlu.

Staiga debesys užklojo dangų, viską apgaubė neperregima tamsa.

- Kas čia vyksta? – paklausiau apstulbusi.

- au per vėlu. Bėk! BĖK! - sušuko Begalinis ir aš ėmiau bėgti.

Atsigręžiau atgal ir pamačiau, kaip Begalinis pranyksta rūke. Nubėgau į mišką, bet urvo negalėjau surasti. Buvau tikra, kad jis yra ten pat, kur buvo. Kai sustojau, kažkokie šiurpuliai perbėgo mano kūnu ir pajutau baisų skausmą. Pažvelgusi žemyn, pamačiau metalinį kardą, persmeigusį mano kūną. Kritau ant žemės ir negalėjau pajudėti. Neįstengiau nieko matyti, nes gulėjau ant pilvo, o mano veidas – purve. Tada kažkoks vyras apvertė mano kūną. Negalėjau įžiūrėti jo veido, tik figūrą.

- Mes ją turime. Meistras bus mumis patenkintas.

Mano sąmonė aptemo, o kai pramerkiau akis, supratau, kad esu savo lovoje. „Ar tai buvo tik sapnas?" – stebėjausi. Bėgau žemyn šaukdama: „Tėti! Tėveli! Kur tu, tėveli?"

- Kas atsitiko, brangioji? – paklausė tėtis, išeidamas iš virtuvės. – Ar viskas gerai?

Pribėgau prie jo ir akabinau.

- Viskas gerai, tėveli, tik vėl kitas blogas sapnas.

- Puiku, nusiramink tada, jei tai buvo tik sapnas. Rodos, tavo profesorius buvo užsukęs anksčiau ir prašė kai ką tau perduoti.

Tėtis ištiesė man aukso spalvos voką.

- Ar nesiruoši jo atplėšti?

Mano rankos pradėjo drebėti.

- Kaip jis atrodė? Ar jis pasakė savo vardą?

- Ne. Jis tik pasakė, kad tu turėtum šito tikėtis. Tai buvo aukštas vyras trumpais juodais plaukais.

Užlipau aukštyn, laikydama voką rankoje. Uždariau duris ir atsisėdau ant grindų. Aš bijojau to, kas ten, viduje. Kai atidariau voką, iškrito akmenėlis. Jis buvo tokios pat formos ir dydžio kaip ir tas, kurį aš turėjau, bet kitoks: atrodė, kad viduje vanduo. Negalėjau patikėti savo akimis, kad akmenėlio viduje gali būti vanduo. Spėliojau, ką šis akmenėlis reiškia ir ką turėčiau su juo daryti. Ar Tamsos Valdovas dar gyvas? Žvilgtelėjau į voko vidų ir pamačiau ten laišką. Išėmusi pradėjau skaityti: „Angelas yra gyvas ir tu privalai daryti viską, ką aš liepsiu, arba aš padarysiu viską, kad tu niekada daugiau jo nepamatytum. Privalai nueiti iki uolos ir įdėti vandens akmenėlį vietoj juodai balto, kuriuo naudojaisi anksčiau. Kuo greičiau tai padarysi, tuo greičiau leisiu jam eiti. Nenuvilk manęs. Jeigu vaidinsi drąsuolę ir padarysi ką nors kvailo, aš nužudysiu visus, kuriuos tu myli: pirmiausia tavo tėvą, o paskui draugus. Tu būsi viena ir aš tave nužudysiu, kai pats to norėsiu.

P. S. Begalinio kūnas yra labai tinkamas man gyventi ir įgyti visų kitų galias."

Mano vakarykštis sapnas buvo toks realus... Nežinojau, ką daryti. Aš vertinau savo gyvenimą ir sutikau tikrą savo meilę, patyriau daug pavojų, bet dabar buvau laiminga. Turiu daryti viską, kad apginčiau tėvą ir Eli, bet nežinojau, kaip teisingai apsispręsti. Suskambo mano telefonas. Nauja žinutė, siuntėjas nežinomas. Atidariau. Ten buvo Angelo fotografija, o po ja parašyta: „ Laikas. Ateik dabar." Supratau, kad turiu kažką daryti, bet nežinojau ką. Perėjau skersai mišką ir atsidūriau prie urvo. Ištraukiau iš kišenės abu akmenėlius.

Supratau: jeigu mesiu baltai juodą, Angelas mirs ir taip bus kiekvienam, kuriuo rūpinuosi. Jeigu įkišiu akmenėlį su vandeniu, Angelą išsaugosiu, bet vėl sukelsiu pavojų pasauliui. Svarsčiau, ką daryti. Aš paliksiu tai likimo valiai. Užsimerkiau ir įdėjau akmenėlius į kišenę. Įkišau ranką ir vieną ištraukiau. Nežiūrėdama įterpiau jį į urvo plyšį. Žemė pradėjo drebėti ir aš atsimerkiau. Vandens akmenėlis buvo vartuose. Supratau, kad padariau klaidą ir stengiausi akmenėlį ištraukti, bet buvo per vėlu. Urvas už manęs įgriuvo ir neliko jokio kelio išeiti. Vartai iš lėto atsidarė, bet ten, anoje pusėje, nieko nebuvo. Žemė dar vis drebėjo. Atrodė, kad žemė bet kurią sekundę atsivers. Urvas pradėjo irti, trupėti. Aš privalėjau dingti, kol manęs nesuspaudė. Kai išbėgau į šviesą, vartai už manęs įgriuvo ir kažkas trenkė man į galvą. Kritau ant žemės ir praradau sąmonę.

Kai atgavau sąmonę, supratau, kad guliu ant žemės miške, bet negalėjau prisiminti, kaip čia atsidūriau ir išvis, kas atsitiko. Atsistojau ir ėmiau klaidžioti, nerasdama kelio išeiti. Ten augo dideli medžiai ir aš stengiausi lipti aukštyn, norėdama ką nors pamatyti. Lipau ir lipau, bet niekaip neįstengiau pasiekti viršūnės, kai pažvelgiau žemyn, galėjau pamatyti visą pasaulį. Vaizdas buvo siaubingas – viskas skendo liepsnose. Galėjau matyti šimtus mylių, kaip žmonės blaškosi kančiose ir agonijoj. Visi atrodė pasimetę: niekas nežinojo, kas atsitiko. Aš taip pat. Ar aš buvau viso to priežastis, nes norėjau išgelbėti Angelą, ar tai tik kitas sapnas, iš kurio aš greitai nubusiu saugi savo lovoje?..

Laukite tęsinio...

Made in the USA
Middletown, DE
09 July 2017